W0310955

Les Puissants

Rodman Philbrick

Les Puissants

Traduit de l'américain
par Agnès Girard

Éditions J'ai lu

Au vrai Kevin, et à la vraie Gwen.

Titre original :

FREAK THE MIGHTY
All rights reserved. The Blue Sky Press,
an imprint of Scholastic Inc., N.Y.

1

L'implacable vérité

J'ai jamais rien eu dans la tête, jusqu'à ce que Freak[1] arrive et me prête son cerveau quelque temps. Ça, c'est la vérité, toute la vérité. L'implacable vérité, dirait Freak. Pendant longtemps, c'est lui qui a parlé pour nous deux. Moi, j'avais ma façon à moi de m'exprimer, avec mes poings et mes pieds, bien avant qu'on devienne Freak le Vaillant et qu'on abatte des dragons et des fous en marchant loin au-dessus du monde.

Pendant un temps, on m'a surnommé le Cogneur — à la maternelle, l'année où Gram et Grim m'ont pris chez eux — parce que je filais des coups de pied à tous ceux qui m'approchaient. Forcément, ils essayaient *tout le temps* de me serrer dans leurs bras, on aurait dit que c'était un médicament qu'il fallait absolument que je prenne, leur affection.

1. En anglais, *freak* : monstre, mais aussi phénomène, drôle de numéro. *(N.d.T.)*

Gram et Grim — bénies soient leurs petites têtes pointues —, c'est les parents de ma mère, et ils se sont dit hou là ! on ferait mieux de mettre ce petit animal avec d'autres animaux de son âge, peut-être que ça le matera.

Ben voyons ! Tu parles, au lieu de ça, j'ai inventé des jeux comme t'are-tes-genoux, et t'are-ta-gueule, et cogne-le-prof, ou cogne-les-autres-mouflets, parce que je savais quel sale mensonge c'était, toute cette histoire de viens-que-je-te-serre-dans-mes-bras-mon-petit. Oh oui, je *savais* !

C'est à cette époque que j'ai vu Freak pour la première fois, l'année des bisous qui sonnaient faux. Il était pas très différent de maintenant, on était tous petits, à ce moment-là, pas vrai ? Mais il ne venait pas jouer avec nous tous les jours, seulement de temps en temps. L'air féroce, c'est le souvenir que j'en ai. Plus tard, Freak lui-même m'a appris que le souvenir est une grande invention de l'esprit, et que si on s'applique on peut se souvenir de n'importe quoi, que ça soit arrivé ou non.

Alors peut-être qu'il était pas si féroce que ça à la maternelle, sauf que je suis presque sûr qu'il a frappé un gamin avec sa béquille et qu'il l'a pas loupé. Et je sais pas pourquoi, mais le petit Cogneur a jamais cogné le petit Freak.

C'était peut-être ses béquilles qui m'empêchaient de me défouler sur lui. Purée, ces béquilles, qu'est-ce qu'elles étaient cool ! Je rêvais d'en avoir une paire moi aussi. Et puis un jour, le petit Freak est arrivé avec des espèces d'armatures, des tubes métalliques bien astiqués, ajustés à ses jambes torses, et qui montaient jusqu'à ses hanches. Encore plus cool que les béquilles.

— Je suis l'homme-robot, il disait en faisant de drôles de bruits de robot.

Vrrr... Rrrr... Vrrr... Rrrr... il faisait, comme s'il avait des moteurs dans les jambes.

Il a traversé la salle de jeux, tout recroquevillé sur lui-même, avec ce regard qui disait : « Fais pas le mariolle avec moi, mec, il se pourrait que j'aie un canon laser caché dans une armature et que je te troue le bide. » Ce qui est sûr, c'est qu'à l'époque, ce petit gars de trente centimètres était déjà très branché robots, et qu'il savait ce qu'il voulait.

Ensuite, je ne l'ai plus vu pendant longtemps. Un jour, il a cessé de venir, et moi, après, tout ce que je me rappelle, c'est que j'avais quelque chose comme huit ans et que j'ai vu passer un gamin aux cheveux jaunes dans un minibus pour handicapés. Il me regardait d'un air menaçant, avec des yeux, on aurait dit des rayons laser, et moi je me suis dit hé, mais c'est le môme-robot, et ça m'a fait un drôle de coup parce que je l'avais complètement oublié. Dans ma tête, à la place de la maternelle, il y avait un grand blanc et plus personne m'avait appelé le Cogneur depuis longtemps.

On m'appelait Mad Max, ou Max la Menace. Un débile avait essayé Maxicon, mais je l'avais fait changer de disque. Gram et Grim m'appelaient toujours Maxwell, vu que c'est censé être mon vrai nom, et parfois, je le détestais plus que tous les autres. Maxwell, beurk.

Un soir, dans la cuisine après le dîner, Grim parle tout bas avec Gram et lui demande si elle a remarqué combien Maxwell *lui* ressemble de plus en plus. C'est toujours comme ça qu'il parle de mon père, qui a épousé feu sa chère fille et lui a fait (grimace) Maxwell. Grim appelle jamais mon père par son nom, il dit simplement *lui*, on dirait que l'idée de prononcer son nom le fait flipper.

— C'est pas seulement la ressemblance, dit Grim ce soir-là dans la cuisine. Maxwell *est comme lui*, nous devrions peut-être faire attention, on ne sait jamais ce qu'il est capable d'inventer pendant notre sommeil. Il pourrait faire comme son père.

Et Gram l'interrompt aussitôt et lui dit ne répète jamais ça, parce que les petits portraits ont de grandes oreilles, et du coup je me précipite vers le miroir pour voir si c'est à cause de mes grandes oreilles que je *lui* ressemble tellement.

Quelle nouille, hein ?

Ben la vérité, c'est que j'étais *vraiment* une nouille, parce que, comme j'ai dit, j'ai jamais rien eu dans la tête jusqu'à ce que Freak s'installe en bas de la rue. L'été de mes treize ans. L'été où j'ai grandi tellement vite que Grim a dit on ferait mieux de le laisser aller pieds nus, il déborde de ses chaussures. L'été pieds nus où j'ai pas arrêté de me casser la figure et où le drôle de mec-robot aux cheveux blancjaune et au regard féroce a emménagé dans la maison qui fait le coin avec sa superbe mère, la Douce Gwen.

Seul un empâté du bocal pouvait croire que c'était vraiment son nom, non ?

Qu'est-ce que je te disais !

Tu m'écoutes ? Parce que tu sais même pas encore comment on est devenus Freak le Vaillant. C'était assez géant. Même si c'est moi qui te le dis.

2

Retour à la surface

Alors voyons. Cet été-là, j'habite encore au sous-sol, dans mon terrier, la petite chambre que Grim a installée pour moi. Sur les murs en béton, il a collé un revêtement bon marché, tu vois ? Un truc qui rebique dans les coins et cloque de partout, mais est-ce que je me plains du revêtement miteux ou du tapis qui sent la marée ? Non. Parce que j'aime mon terrier, j'ai tout l'espace pour moi tout seul et jamais l'angoisse de voir Gram se pointer pour me demander Maxwell, mon chéri, mais que fais-tu ?

C'est pas que je fasse grand-chose, la plupart du temps. Grim s'est mis dans la tête que je suis à un âge dangereux et qu'ils ne doivent jamais me quitter des yeux. Comme si j'allais fabriquer des bombes ou mettre le feu. Ou zigouiller tous les animaux du quartier avec ma fidèle fronde, ou un truc comme ça — sauf que j'ai jamais eu de fronde, c'est Grim qu'en avait une quand il avait mon âge. J'ai vu ça dans l'album photo de la famille. Un Grim en miniature, tout flou, tout édenté, qui sourit au photographe et brandit sa fronde préhistorique. Un engin à massacrer les mastodontes, probablement. « Seulement les cibles appropriées », me dit Grim en refermant l'album photo. Fin de la discussion. Du genre oups, vaut mieux cacher ça, ça risquerait de donner des idées au mauvais garçon.

Comme si j'en avais, des idées. Mon cerveau, c'est le désert. Je suis qu'une créature qui se terre dans sa piaule au sous-sol et bave sur ses bandes dessinées. Bon, d'accord, je bave pas vraiment, mais tu vois le tableau, quoi.

Enfin bon, on est le 1er juillet, le compte à rebours pour le 4 a commencé[1] et je me demande où je vais bien pouvoir trouver une fusée M 80, qui est censée avoir une puissance explosive similaire à un quart de bâton de dynamite, et quand elle part, ton cœur s'arrête pendant une microseconde, *boum*. C'est probablement de ça que Grim a la trouille ; hou là, Maxwell manipulant de la dynamite !

Comme je finis par m'ennuyer dans mon terrier, je sors dans le prétendu jardin, le morceau de terrain classique, paradis clos par une chaîne. Grim a toujours une petite tondeuse pourrie dans la cabane à outils, mais tondre l'herbe, ça présente peu d'intérêt, hein ? Donc, je traîne dans le jardin, et tout à coup j'aper-

1. Jour de la fête nationale américaine. *(N.d.T.)*

çois le camion de déménagement. Pas le genre connu dans tout le pays, avec le nom de la boîte sur les côtés. Non, un camion du coin, un truc pas cher, quoi. Et des types baraqués et barbus transportent des caisses dans la partie de la maison qui est libre depuis Noël, quand le camé qui habitait là a finalement été coffré.

D'abord, je me dis que le camé est de retour, il a été libéré et il se réinstalle. Et puis je vois la Douce Gwen. Mais là, je savais pas encore son nom, c'est venu qu'après. Je la vois passer très vite, entre le camion et la porte d'entrée, elle parle aux barbus. Et je me dis, *mais je la connais*, et puis je pense, *pas possible, nigaud, comment tu pourrais connaître une fille aussi belle ?*

Parce qu'on dirait une star de cinéma. Avec ses vieux jeans et un T-shirt trop large, ses longs cheveux attachés dans le dos, elle transpire, c'est sûr, mais elle a quand même l'air d'une star. Elle est lumineuse, comme si elle avait un projecteur secret qui la suivait et faisait briller ses yeux.

Et moi, je trouve que le quartier gagne à avoir une nouvelle habitante comme ça. Tu vas me dire, il se prend pour qui, ce merdeux ? Tout ce que je sais, c'est que la Douce Gwen avait un côté star, et que même un débile profond s'en serait aperçu. Et si j'ai l'impression de la connaître, c'est parce que j'avais dû la voir quand elle amenait Freak à la maternelle, y a des années-lumière de ça. Parce que tout de suite après elle, je vois ce gnome tout tordu, avec ses cheveux jaunes, qui cahote sur le trottoir et donne des ordres aux barbus.

— Hé, gros bras ! il fait. Ouais, toi, avec des poils plein la figure, fais attention avec ce carton, il y a un ordinateur dedans. Tu sais ce qu'est un ordinateur ?

J'arrive pas à le croire. Je suis déjà dans la rue pour voir tout ça de plus près, et ce drôle de petit mec, avec une tête de taille normale mais le reste du corps qui mesure pas un mètre, et tout tordu, ce qui fait qu'il peut pas se tenir droit et qu'il a le torse en avant, ce drôle de rigolo agite ses béquilles dans tous les sens et engueule les déménageurs.

— Dis donc, Gwen, finit par dire l'un d'eux. Tu peux pas lui donner un cachet ou quelque chose ? Il nous saoule, ton môme.

Alors Gwen sort de la maison, écarte ses cheveux de ses grands yeux marron et dit :

— Kevin, va jouer dans le jardin, s'il te plaît.

— Mais mon ordinateur...

— Ton ordinateur va très bien. Laisse ces messieurs tranquilles, ils ont bientôt terminé, et ensuite on déjeunera.

Moi, je suis déjà devant la maison, et j'essaie d'avoir l'air de rien, sauf que, comme j'ai dit, cette année-là, j'ai les pieds qui font ce qu'ils veulent et j'arrête pas de trébucher sur tout et n'importe quoi. Une bosse sur le trottoir, une fourmi, une ombre. N'importe quoi.

Et puis le drôle de petit bonhomme fait brusquement demi-tour et me voit. Il lève une béquille dans ma direction, la pointe droit sur mon cœur et me fait :

— Identification, Terrien.

Moi, je suis en train de faire attention à pas trébucher et j'entrave rien à ce qu'il me dit.

— J'ai dit, identification, Terrien, ou tu en subiras les conséquences.

Là, j'ai un doute. Mais j'ai pas le temps de décider si je lui dis mon nom ou pas, ou quel nom je vais lui dire parce que j'ai enfin reconnu le garçon-robot de la maternelle et peut-être qu'il se souvient de moi comme Cogneur, enfin bon, avant que j'aie pu dire un mot, il appuie sur la gâchette de sa béquille, fait un bruit de coup de feu et dit :

— Alors péris, Terrien, péris !

Je fiche le camp sans un mot. Parce que je suis presque sûr qu'il est convaincu de ce qu'il vient de dire. C'est pas seulement à cause de la béquille. Faut voir le regard qu'il a. Ce nabot me hait vraiment.

Il *veut* ma mort.

3

Le petit chariot rouge

Bon, me revoilà dans mon terrier. Ma chambre à la cave. Tapis-toi dans ton trou, Maxwell mon chéri. Un grand ballot comme toi, qui prends à peu près deux centimètres par jour, face à ce gnome, ce petit humanoïde mal foutu, t'as eu la trouille. Pas le genre de trouille qui fait faire des castagnettes à tes genoux, non. Plutôt la frousse qui te fait dire : Waouh ! Je pige plus, là. Qu'est-ce qui se passe ?

Comme de m'appeler Terrien, par exemple. Déjà, en soi, c'est plutôt bizarre, non ? J'ai mentionné les différents surnoms qu'on m'a collés, mais jusqu'à l'arrivée du petit robot, personne m'avait jamais appelé Terrien. Donc, me voilà allongé sur mon lit, et je réalise tout à coup qu'il a raison, je suis un Terrien, on est tous des Terriens, mais on s'appelle pas Terrien par-ci, Terrien par-là. Y a pas besoin. C'est pareil que pour le pays, on est tous des Américains, mais quand on parle à quelqu'un, on lui dit pas : « Excusez-moi, Américain, pouvez-vous m'indiquer le supermarché le plus proche ? »

Je réfléchis un moment, dans le noir, et voilà que mon terrier se met à rapetisser, comme si les murs rétrécissaient, alors je me lève et je grimpe les escaliers jusqu'à la porte qui donne dans le jardin. Dehors, je cherche un endroit d'où je puisse voir ce qui se passe.

Derrière la maison du petit monstre, il y a un arbre tout rabougri. Comme un bâton planté dans la terre, avec deux, trois branches qu'ont l'air de se demander ce qu'elles font là. Il est dessous, à peine plus grand qu'à la maternelle, et il gesticule avec une béquille comme s'il voulait toucher les branches.

Je me glisse jusqu'à la barrière, histoire d'avoir un meilleur angle de vue. Mais qu'est-ce qu'il peut bien vouloir à ce vieil arbre ? Il saute pour essayer d'atteindre la branche, il saute comme un malade. Sauf qu'il peut pas vraiment sauter, il fait le mouvement, et tout, mais ses pieds quittent jamais le sol.

Et puis tout à coup, il jette la béquille, se met à quatre pattes et retourne vers la maison. Pour quelqu'un qui serait pas au courant, ça serait rien qu'un mioche qu'aurait oublié comment marcher, tellement il est petit. Mais en moins de deux il plonge sous l'escalier, d'où il ressort en tirant un petit chariot.

Un truc peint en rouge, rouillé, du modèle le plus courant dans les jardins américains. Bref, le petit monstre tire ça comme il peut, à reculons, il avance à peine de dix centimètres à chaque pas, mais il arrive quand même jusqu'à l'arbre et il le place juste en dessous. Ensuite, il récupère sa béquille, grimpe debout dans le chariot, et se remet à taper sur les branches.

Là, je finis par percuter. Il y a un truc coincé là-haut et il veut le faire tomber. C'est tout petit, de couleur vive, on dirait un morceau de papier. En tout cas, il a l'air de vraiment tenir à le récupérer. Mais même avec le chariot, il a aucune chance. Aucune.

Alors je vais jusqu'à son jardin, en essayant de pas faire de bruit, mais moi, la discrétion, c'est pas mon truc, j'y arrive pas, avec mes pieds gigantesques, et il se retourne, béquille brandie comme s'il allait me donner un grand coup sur la tête.

Il voudrait dire quelque chose, ça se voit, mais il est tellement énervé et essoufflé que ce qui sort de sa bouche, ça pourrait venir d'un chien ou de je sais pas quoi, je comprends rien.

En faisant gaffe à rester en dehors du champ de la béquille, je tends le bras et j'attrape le truc. C'est pas du tout en papier. C'est un oiseau en plastique, aussi léger qu'une plume. Je dois faire attention à pas trop serrer, sinon, il va me péter entre les doigts, ça te donne une idée de la fragilité.

— Tu veux le récupérer ou quoi ? je lui demande.

Il me regarde avec des yeux comme des balles de base-ball et il fait :

— Tiens, ça parle, ça ?

Je lui donne l'espèce d'oiseau.

— C'est quoi ? Une maquette d'avion ?

Il est super content de le récupérer, ça se voit, et il a plus l'air aussi féroce qu'avant. Il s'assoit dans son chariot et il me dit :

— C'est un ornithoptère. Un ornithoptère est un appareil expérimental propulsé par des battements d'ailes. On peut également considérer qu'« ornithoptère » est un mot savant pour « oiseau mécanique ».

Texto. On aurait dit un dictionnaire parlant. La grosse tête, quoi. Et pendant sa tirade, il remonte l'ornithotruc — il y a un élastique à l'intérieur — et il me dit :

— Observe et sois stupéfait, Terrien.

Et puis il le lâche, et tu sais quoi ? Je suis stupéfait, parce que ça vole exactement comme un petit oiseau, c'est tout léger et ça monte, ça descend, ça tourne en rond, tout ça trop haut pour que je puisse l'attraper.

Je cours après jusqu'à ce qu'il s'écrase contre le tronc tordu, je le ramasse et le lui rapporte. Il le remonte à nouveau et le fait voler. On continue pendant peut-être une heure, jusqu'à ce que l'élastique casse. Moi, je me dis c'est terminé, exit l'ornithoptère, mais il dit un truc du genre :

— Tout objet mécanique nécessite une révision périodique. Nous programmerons l'installation d'une nouvelle unité de propulsion dès que la Douce Gwen Ivre aura fourni une pièce de rechange.

Je suis pas trop sûr de ce que ça veut dire, ce charabia, mais à tout hasard, je lâche :

— Génial !

— Tu habites par ici, Terrien ?

— Là-bas. (Je lui montre la maison.) Dans le grand terrier.

— Quoi ?

Alors je me dis que le plus simple, c'est de lui montrer de quoi il s'agit, et au lieu d'expliquer Gram, Grim, et la chambre dans la cave, j'attrape le gouvernail du chariot et je le tire jusqu'à la maison.

C'est du gâteau, il pèse pas lourd du tout, et je suis presque sûr de m'être retourné et de l'avoir vu assis dans le chariot, fier comme un paon et pas du tout gêné de se faire traîner de la sorte.

Mais comme Freak dit un peu plus loin, on peut se souvenir de n'importe quoi, que ça se soit produit ou non. Ce dont je suis vraiment sûr, c'est qu'il m'a jamais frappé avec sa béquille.

4

La Douce Gwen prend peur

Ça fait pas dix minutes que Freak est dans ma piaule qu'il me met au parfum pour la Douce Gwen. Il arrive à descendre les marches tout seul, sauf que ça lui demande tellement d'effort qu'il est essoufflé quand il arrive en bas, comme un chien quand il fait chaud. Il entre dans ma chambre, je ferme la porte, et il me dit :

— C'est cool, ici. T'as le sous-sol pour toi tout seul ?

— Je mange en haut avec Grim et Gram.

Il se hisse sur mon lit et prend un oreiller pour se caler. Il y a pas beaucoup de lumière, juste un peu de jour qui passe par la fenêtre, mais il est en plein dedans et ça lui fait briller les yeux.

— Gram doit être ta grand-mère, il dit. Grim, je suppose, est un sobriquet pour ton grand-père probablement soufflé par son attitude.

Moi, je trouve rien d'autre à dire que :

— Hein ?

Freak sourit, rejette sa mèche de cheveux blond-jaune en arrière.

— Excuse mon vocabulaire. « Sobriquet » signifie « surnom », et « attitude », ici, signifie « manière d'être ». J'établissais simplement comme postulat le fait que si on appelle ton grand-père Grim, c'est parce qu'il n'est pas gai [1]. Postulat veut dire...

— Je sais, je lui dis — ce qui est faux, sauf qu'avec le contexte je vois en gros de quoi il s'agit. Et pourquoi t'appelles ta mère « la Douce Gwen Ivre », c'est un surnom ?

Freak secoue la tête. Il essaie de ne pas le montrer, mais je vois bien que ma question lui donne envie de rire.

— Gueni-è-vre, il dit enfin en soupirant. La Douce Guenièvre, de la Légende du roi Arthur. T'as entendu parler du roi Arthur, j'espère ?

Je hausse les épaules. Le seul roi Arthur que je connaisse, c'est celui de la marque de farine qu'utilise Gram, et si je dis ça je vais *vraiment* passer pour un nullard.

— Le prénom de ma mère, c'est Gwen, alors des fois, je l'appelle Douce Guenièvre ou Douce Gwen, parce que c'est la même racine. Le roi Arthur était le premier roi d'Angleterre, il y a très longtemps, à l'époque où il y avait encore des dragons et des monstres sur terre. Arthur était un gamin faiblard, orphelin, et il

1. En anglais, *grim* : sinistre. *(N.d.T.)*

y avait une épée magique plantée dans un rocher, tu piges ? Le vieux roi était mort, et le trône devait revenir à celui qui arriverait à tirer l'épée de son rocher. Alors, t'as tous ces gros bras qui se sont pointés, mais pas un n'est arrivé à faire bouger l'épée. Et puis un jour, le petit môme faiblard essaie, pendant que personne regarde, et l'épée sort de là comme si elle était dans du beurre.

— Alors il est devenu roi, le gamin ?

Freak fait oui de la tête. Il est lancé dans son histoire et il mime les événements en faisant de grands gestes. C'est la première fois que je l'entends vraiment parler, et tout de suite, je me rends compte d'une chose : quand il parle, impossible de ne pas le regarder. Il gesticule tant qu'il peut, et on dirait qu'il la voit réellement, son histoire de roi et d'épée.

— L'épée magique d'Arthur s'appelle Excalibur, et la Douce Guenièvre, c'est la jolie fille qui devient son épouse. A cette époque, « douce » voulait dire la même chose que « belle » aujourd'hui. Enfin bon, Arthur s'ennuyait dans son château, alors il a invité tous les chevaliers d'Angleterre à venir s'installer chez lui. Ils dînaient tous autour d'une table ronde, et c'est pour ça qu'on les a appelés les chevaliers de la Table ronde. De temps en temps, le roi Arthur les envoyait en mission secrète — en ce temps-là, on disait une « quête ». Il fallait qu'ils terrassent des dragons, des monstres, de méchants chevaliers. Je suppose que tu sais ce que portaient les chevaliers pour se battre ?

Je crois, mais j'aime bien écouter parler Freak alors je lui réponds :

— Vaut mieux que tu m'expliques.

C'est à ce moment que je comprends pourquoi il s'intéresse tant à ces vieux chevaliers qui grincent et cliquettent de partout.

Il passe la vitesse supérieure et se lance dans une grande explication :

— Les chevaliers étaient en quelque sorte la première version humaine des robots. Ils portaient une armure métallique pour se protéger et être invincibles. Quand j'aurai déballé mes affaires, je te montrerai des images. C'est assez étonnant, vraiment, de voir que, des centaines d'années avant l'ordinateur, ils essayaient déjà de dépasser les limites techniques du corps humain.

— Hein ?

Qu'est-ce que je pouvais dire d'autre ? De toute façon, Freak a une espèce de petit rire, comme s'il s'attendait que je dise ça, et il reprend :

— Les limites techniques du corps humain. Tu sais bien. On n'est pas blindés et on peut pas écraser des cailloux avec nos mains, et si on touche un poêle qui chauffe, on se brûle. Le roi Arthur voulait *améliorer* ses hommes, alors il les a équipés d'armures. Ensuite, il les a programmés pour qu'ils se lancent dans des quêtes, terrassent des dragons, etc. Et en gros, c'est comme ça qu'on programme les robots aujourd'hui.

— Je croyais que les vrais robots, ça existait pas ? Qu'il y en avait qu'au cinéma ?

Hou là, qu'est-ce que j'ai pas dit ! Ses yeux me lancent des éclairs. De vrais rayons laser ! Il fulmine, il a tellement les nerfs qu'il arrive plus à parler.

Finalement, il se calme et reprend :

— Je pense qu'il me faut être indulgent face à ton ignorance. De toute évidence, en ce qui concerne les robots, tu manques d'informations. Les robots, ce n'est pas qu'au cinéma. La robotique, science de la conception et de la fabrication de robots fonctionnels, est une *énorme* branche de l'industrie. Il y a à l'heure actuelle des *milliers* de robots en activité. Des *millions*, même. Evidemment, ils n'ont rien à voir avec les robots que tu vois dans les films, parce qu'ils sont fabriqués pour remplir une fonction bien précise. Un grand nombre d'engins robotisés sont en fait des systèmes de montage très complexes, des machines qui assemblent des voitures, des camions et des ordinateurs. Par exemple, la navette spatiale a un bras robotisé.

— Oui, c'est vrai. Je l'ai vu à la télé.

Freak soupire en levant les yeux au ciel.

— Ah, oui. La télévision, l'opiacé des masses.

Pour quelque chose comme la onzième fois, je fais :

— Hein ?

— L'opiacé. L'opium, quoi. La drogue. Et puis les masses, c'est gros et lourd, les masses. Donc, la télévision, c'est la drogue des gros pleins de soupe. L'opiacé des masses.

— T'as pas la télé ?

— Bien sûr que si, j'ai la télé. Comment je regarderais *Star Trek*, sinon ? D'ailleurs, la petite boîte, je la regarde un maximum, mais je lis aussi des tonnes de bouquins, pour pouvoir discerner ce qui est vrai de ce qui est faux, et c'est pas toujours facile. Les livres, c'est comme le sérum de vérité — si tu lis pas, tu perds le contact avec la réalité.

Cette fois, je dis pas « hein » parce que, sinon, je risque de devoir lui expliquer que je souffre de troubles de l'apprentissage et que lire des livres, c'est bien la dernière chose qui me fasse envie, juste après me couper les ongles des pieds avec la tondeuse, avaler des clous et manger des vers de terre au petit déjeuner. Evidemment, Freak a sans doute déjà compris que j'étais pas net de ce côté-là. Il a bien vu ma piaule, c'est pas exactement la bibliothèque municipale.

— Je te prêterai des livres, il me dit.

— Super, je réponds, comme si je n'attendais que ça.

Ça fait jamais qu'une occasion de plus de montrer que je suis un nul.

Et puis on l'entend tous les deux en même temps, la voix qui appelle son nom, une voix très inquiète.

— La Douce Gwen, dit Freak. Faut que je m'éjecte.

Je vais ouvrir la porte et je vois sa mère, dans le jardin, qui regarde le petit chariot rouge. Elle m'aperçoit qui sors de mon trou, et c'est comme si on lui avait tiré dessus. Elle est pétrifiée de trouille.

— Kevin ? elle dit. Je cherche un petit garçon.

Freak se propulse jusqu'en haut de l'escalier en soufflant comme un phoque. La Douce Gwen l'attrape et le met dans le chariot et, je te jure, elle se tire pratiquement en courant, on dirait que si elle met pas les bouts au plus vite, quelque chose de terrible va arriver. Freak, il s'accroche et essaie de se retourner pour me voir et me dire en haussant les épaules qu'il comprend pas ce qu'il lui prend, à la Douce Gwen. Mais moi, je sais.

C'est assez simple, en fait. Elle a peur de moi.

5

Portrait craché

Il y a un endroit où je vais parfois, dans ma tête. Il y fait frais, la lumière est douce et je flotte comme un nuage. Non, je *suis* un nuage, le genre de nuage qu'on voit dans le ciel les jours de grand vent, ceux qui n'arrêtent pas de changer de forme sauf qu'on ne les voit pas réellement changer. Ils bougent, et puis voilà, on se rend compte tout à coup que le nuage qui ressemblait à une grosse main aux doigts dodus est devenu gant de base-ball ou poste de télé tout mou. Comme ça.

Enfin bon, j'y suis allé juste après que la Douce Gwen est partie en courant avec cette expression sur le visage, du genre : Qu'est-ce qu'il faisait avec mon pauvre petit garçon, il essayait de le kidnapper en le mettant dans le chariot ?

Je m'étends par terre sous mon lit, où on voit à peine les ressorts et tout le reste parce qu'il y fait vraiment sombre, et en un rien de temps je me retrouve ailleurs, je flotte. Il fait frais et autour de moi c'est le vide total, pas besoin de penser à quoi que ce soit. T'es rien, t'es personne, rien n'a d'importance, t'es même pas là. *Temps mort*.

Sauf que, cette fois, je peux pas rester aussi longtemps que je voudrais parce que Gram frappe à la porte.

— Maxwell ? Max, tu es là ? S'il te plaît, réponds, mon chéri, c'est important.

Ben voyons. Mais je m'extrais de sous le lit — il y a de moins en moins de place là-dessous, d'ailleurs —, je m'époussette et j'ouvre la porte. Il n'y a pas de verrou mais Gram tient à attendre que je dise : « Entre », elle met un point d'honneur à pas faire intrusion dans mon domaine.

— Maxwell, elle me dit en faisant un pas dans la chambre. (Je vois tout de suite qu'elle préférerait être ailleurs, elle fait la grimace parce qu'il n'y a pas de lumière, c'est le noir total et probable que ça sent la chaussette sale à plein nez.) Maxwell, chéri, excuse-moi de te déranger — tu sais que je ne descends jamais dans ta chambre —, mais je viens d'avoir un coup de téléphone de Gwen Avery, et je crois que c'est important.

Hou là, je me dis. La Douce Gwen a appelé ma grand-mère, sûrement pour l'informer du fait qu'un gros lourdaud carrément louche s'est introduit dans son sous-sol. Alors je me ferme de l'intérieur et j'attends le pire.

— Elle appelait pour dire combien elle était désolée, m'explique Gram.

— Hein ?

— Je pense qu'elle est venue chercher son petit garçon, c'est ça ? Toi et Kevin faisiez ami-ami ?

Faire ami-ami. Quelle expression ridicule ! Mais Gram se vexe assez facilement, alors je garde ma réflexion pour moi. Et à la place, je lui dis :

— Ouais, je crois.

Gram est mal à l'aise, je vois son regard qui bouge sans cesse, comme si elle pénétrait dans un pays vraiment très étranger. Je ferais aussi bien de préciser tout de suite que même si Gram est ma grand-mère, elle ne ressemble pas à une grand-mère. Elle ressemble plus à une mère parce qu'elle n'était, comme elle dit toujours, « qu'une enfant elle-même » quand ma vraie mère est née.

— En fait, eh bien... j'ai l'impression que la pauvre Gwen ne s'attendait pas à te trouver si grand, et maintenant, elle a peur de t'avoir offensé. Est-ce que tu comprends ?

— Mouais. Tu la connais, alors ?

— Bien sûr. Gwen était une amie de ta mère. Elles sont tombées enceintes en même temps. Et puis plus tard, toi et le petit Kevin êtes allés à la même maternelle. Le savais-tu ?

Je hausse les épaules parce que j'aime pas trop que Gram sache ce que je me rappelle du passé.

— Elle m'a dit, continue Gram, et elle voulait absolument que je te le dise, Max, qu'elle était ravie que toi et Kevin deveniez amis. C'est le mot qu'elle a employé — ravie. Et elle t'invite à dîner.

Moi, sans réfléchir, je demande tout de suite :

— Je suis obligé ?

Gram tend une main qu'elle pose sur mon épaule, douce et légère, et je sens qu'elle angoisse un max de me toucher comme ça, et que ça la met vraiment mal à l'aise d'avoir à lever les yeux pour me voir, parce que je sais pas si j'ai mentionné le fait que je suis beaucoup plus grand que Gram. Que Grim aussi, d'ailleurs. Que la plupart des gens si on y regarde bien. Si, si.

— Maxwell, mon chéri, elle est embêtée de t'avoir traité comme elle l'a fait, m'explique Gram. Et elle veut se racheter. Tu n'es pas obligé d'y aller, mais ce serait bien.

— Y avait pas de quoi se prendre la tête. Elle est partie en courant, c'est tout. J'ai dû lui faire peur.

— Ce n'était pas toi, dit Gram.

— Non ? Alors qui c'est qui lui a fait peur ?

Là, elle sait plus quoi dire, je la vois déglutir, comme si elle avait la bouche sèche, tout à coup.

— Je vais laisser Gwen t'expliquer. C'est une jeune femme assez remarquable, tu sais. D'élever ce pauvre garçon toute seule.

— C'est pas un pauvre garçon, je lui dis. Tu devrais l'entendre parler. J'ai l'impresssion que si son corps est tout petit, c'est parce que son cerveau a tout pris.

— Oui. Voilà, voilà.

Gram dit toujours ça, voilà, voilà, comme si ça voulait dire quelque chose, et peut-être que pour elle, ça a un sens. Enfin bon, je finis par accepter l'invitation, même si rien qu'à l'idée je me sens tout tendu, j'ai l'impression d'avoir une main dans l'estomac. Et la main, tu vois, elle serre le poing.

Finalement, ça se passe mieux que prévu. La Douce Gwen, d'entrée, elle me sourit de toutes ses dents, va et vient dans la cuisine en parlant à toute berzingue, ce qui fait que les mots se bousculent et se rentrent dedans.

— Alorsest-cequeSusanpardontagrand-mère t'aditquetamèreetmoionétaitcopinesenfin...jusqu'àcequ'ellesemarieexcuse-moij'aijamaispu sentircetypejeletrouvaisdingueet...ilmefaisait peurj'espèrequejenetevexepasendisantça.

Le temps que je fasse le tri, il y a un blanc dans la conversation, et puis je réponds :

— Ouais, Gram m'a raconté.

Et pour ce qui est de mon père qu'elle trouvait fêlé, je choisis l'option sans commentaire, c'est plus simple.

— Tu étais le bébé le plus adorable qui soit, me dit Gwen. Je m'en souviens comme si c'était hier. A l'époque, on habitait tous dans la cité parce que les loyers étaient vraiment bas, et on débutait tous.

Freak est par terre, il pioche dans un carton pas encore déballé, à la recherche de casseroles, de poêles et d'ustensiles divers. Il est presque tout entier dans le carton, on voit que son petit derrière qui remue, et on pourrait croire qu'il a deux ans, c'est te dire s'il est minus, jusqu'à ce que tu voies l'endroit où son armature orthopédique fait une bosse sous le pantalon.

De dans le carton, il dit :

— Hé, Gwen, laisse-le tranquille. Tu le stresses.

Elle est dans la cuisine, cherche des couverts dans les tiroirs.

— Ah bon ? Excuse-moi, Max. Ce que je veux dire, c'est que je suis désolée qu'on soit partis du mauvais pied, toi et moi. C'est juste que... tu sais...

La tête de Freak jaillit du carton, avec cet agaçant petit sourire de Monsieur Je-sais-tout.

— Ce qu'elle veut dire, c'est que t'es le portrait craché de ton vieux.

— Kevin, je t'en prie, soupire Gwen d'une toute petite voix, comme si elle était gênée.

— Ouais, je réponds. C'est ce que tout le monde dit.

— Ah bon ?

Je hausse les épaules. Qu'est-ce qu'il y a de si catastrophique à ressembler à son père ? Ça, c'est une question de nul, parce que évidemment que c'est catastrophique quand le père en question est en taule. Ce que tout le monde sait dans la ville. Ce qu'il a fait, pourquoi il est derrière les barreaux, c'est un secret pour personne, mais tout le monde fait comme si ça devait le rester, secret. Et plus je grandis, plus je ressemble à mon vieux, plus ça craint.

— Tu le connaissais vraiment ? je demande. Je veux dire, lui et ma mère quand ils étaient ensemble ?

— Pas très bien, répond Gwen en cherchant un couteau pour ouvrir un paquet de saucisses de Francfort. Après son mariage, je n'ai plus beaucoup vu ta mère. Avec lui dans les parages... c'était difficile pour elle d'avoir des amis.

Il y a un couteau sur la table, je le prends et je le tends à la Douce Gwen. Elle a pas de mouvement de recul et je me dis que ça va, elle est vraiment cool.

— Alors, dit Freak, quand est-ce qu'on mange ? Mes cellules-réservoirs sont à sec.

Le dîner est super. La Douce Gwen a fait une salade de pommes de terre avec plein d'épices, c'est nettement meilleur que l'espèce de purée que Gram prépare. Ensuite, c'est hot-dogs, avec les saucisses passées à la poêle et glissées dans un petit pain bien croustillant comme je les aime, et deux sortes de sauces et trois sortes de moutardes et des oignons rouges coupés tout fin.

On mange dans le jardin, dans des assiettes en carton, et Freak raconte des histoires de robots tellement bizarres et drôles à la fois que je rigole comme un taré, j'avale de travers, je m'étouffe, et Freak me tape dans le dos.

— Expulse l'objet ! il me crie. Régurgite, espèce de grand dadais !

Et il tape un grand coup qui me fait tout cracher mais je ris tellement que ça passe par le nez. Non mais quel nul ! Sauf que c'est *vraiment* drôle. Tu réalises ? Je suis en train d'essayer de faire sortir mon hot-dog par le nez. A cette image, on est complètement morts de rire tous les deux.

— C'est génial, dit Gwen en nous regardant. Je suis tellement contente d'être revenue m'installer ici, vous savez. J'ai l'impression qu'on redémarre vraiment du bon pied.

Il faut que je rentre. Gram s'inquiète si je suis pas à la maison avant la nuit. Tout me paraît génial, comme dit Gwen, sauf que quand je m'allonge sur mon lit, ça me tombe dessus sans crier gare, boum, et je me mets à pleurer comme un bébé. Et le plus étrange, c'est que je suis heureux.

6

Rencontre du sale type

Le 4 juillet, tout le monde pète les plombs. Les pères picolent et s'occupent des barbecues, les mères essaient d'empêcher les mioches de se faire exploser des pétards dans la figure, et les mioches font les fous dans le jardin. C'est du genre aujourd'hui tout est permis, et du coup l'atmosphère est un peu *électrique*, si tu vois ce que je veux dire. On va s'éclater à fond et on se fout de ce qui peut arriver.

Attention, hein, j'adore le 4 Juillet, moi. Mais je trouve que les gens délirent un peu trop avec ces fêtes à feux d'artifice, et du coup, ils ne voient plus ce qui se passe autour d'eux et, comme j'ai dit, ils descendent des bières et font les cons, c'est la formule de base.

Non pas que Grim descende autre chose que de la *root beer*[1]. Jamais. Le poison a

1. Boisson américaine non alcoolisée, fabriquée à base de racines. *(N.d.T.)*

jamais passé ses lèvres, comme il dit, même si je suis certain d'avoir vu une photo de lui, à l'armée, avec ce qui ressemble beaucoup à une bouteille de bière à la main et le sourire de mérou qu'ont les hommes quand ils boivent.

Enfin bon, c'est la première fois qu'on me laisse aller voir le feu d'artifice sans Gram et Grim, ce que j'ai jamais compris parce qu'il est tiré de l'étang où je vais tout le temps depuis des années, alors qu'est-ce que ça change qu'un million de gens viennent voir la belle rouge étinceler au-dessus de cette retenue d'eau qui pue ?

Cette année, j'y vais avec Freak. Gram trouve que c'est une bonne idée parce qu'elle a peur qu'il se fasse écraser. Elle pense que les gens vont lui marcher dessus, ça te donne une idée de ce qu'elle peut être à côté de la plaque, des fois. Elle a peur de tout. Personne ne marche sur les enfants, ici, alors pourquoi on marcherait sur Freak ?

En fait, c'est pas des écraseurs d'enfants qu'il faut se méfier, c'est des buveurs de bière. Freak et moi, on n'est pas encore à l'étang, on marche tranquillement, quand des loubards nous branchent.

— Hé, vous, là ! Baloo et Cheetah ! Frankenstein et Igor ! Ouais, c'est à vous que je parle, têtes de nœud. C'est quoi, votre trip ? Monstres Circus ?

Je connais cette voix. Tony D. On l'appelle Lame, il a au moins dix-sept ans et il a déjà été trois ou quatre fois au tribunal des mineurs. J'ai entendu dire qu'il avait blessé un type avec un rasoir, il a failli y passer, et tout le monde dit que la meilleure façon de faire, avec lui, c'est de l'éviter. En traversant la rue, en se cachant, n'importe quoi.

Il avance en roulant les mécaniques avec ses bottes de cow-boy super branchées à bout métallique.

— Ouais, vous, le géant et le nain, là, j'ai deux mots à vous dire.

Avec sa façon de parler, ça donne : « J'deux m'a'v' dire. » Mais c'est déjà pas drôle d'avoir à l'écouter alors je vais pas me casser à tout épeler. Enfin bon, grosse erreur, on s'arrête et on attend Tony D., alias Lame, qu'est jamais là pour vous annoncer une bonne nouvelle.

— Z'en avez ? il demande d'un ton presque sympa, mais faut pas s'y laisser prendre, c'est tout du chiqué.

Freak se redresse comme il peut, et le regarde droit dans les yeux.

— De quoi ?

Tony D. a les mains sur les hanches, et sa bande de punks se ramène doucement vers nous. Il se penche vers Freak.

— Des fusées, petit con. Des M 80. Des pétards, aussi, peut-être ? C'est ça qui fait une bosse dans ta poche ?

Freak essaie de s'éloigner ; il marche aussi vite qu'il peut, et son armature fait un drôle de bruit sur le trottoir.

— Viens, Maxwell, il me lance par-dessus son épaule. Ignore ce crétin.

Ça plaît pas à Lame, ça.

— Comment ? il dit en se plantant devant Freak. Tu veux bien répéter, petit con ?

Et Freak répète.

— Crétin. C-R-É-T-I-N. Définition : qui souffre de débilité mentale.

D'entendre Freak le Minus débiner Tony la Terreur, je peux pas m'en empêcher, j'éclate de rire. Tony se tourne vers moi, il a la bouche ouverte, on voit ses dents blanches, c'est dingue, on dirait qu'elles ont été limées pour ressembler à des dents de vampire.

— Hou là ! je fais, tout refroidi.

Refroidi genre pôle Nord, parce que je vois bien qu'il est en train de choisir entre me dérouiller et me tuer tout de suite.

Juste à ce moment, j'entends le *whou-whou* d'une sirène et, coup de bol, une voiture de flics arrive de nulle part. Lame et ses punks, ils se tirent vite fait, leurs Reebok fument tellement ils mettent la gomme.

— *Pfffiou !* fait Freak. C'était une rencontre du sale type, ça.

Je mets une seconde à saisir la plaisanterie, et puis j'éclate de rire, complètement bluffé par sa décontraction, du genre c'est pas grave si Tony D. nous cherche des crosses.

— Tu *peux* lui mettre dessus, quand même ? il demande quelques minutes plus tard.

— Tu rigoles ? je lui réponds. On peut pas se battre juste contre Lame. Faut s'expliquer avec sa bande, aussi.

— Tu veux dire que t'aurais pas pu lui casser la gueule, et moi je me suis fichu de lui ?

— En gros, c'est ça.

— Puuuunaiiiiiise ! il s'exclame.

Et le voilà qui se met à rigoler, à hurler puuunaiiiise ! dans tous les sens, et tout le monde nous regarde comme si on était dingues, ce qui est peut-être pas complètement faux.

Freak a pas pris sa béquille, ce soir, il a juste son armature aux jambes, et il s'agite tellement qu'il se casse la figure. Il tombe pas de haut, remarque. Enfin bon, je l'aide à se relever, et j'en reviens pas de ce qu'il est léger. C'est rien, pour moi, de le soulever. Et c'est peut-être là que j'ai eu l'idée. Parce que ensuite, quand on est au bord de l'étang et que la première fusée est tirée et monte très, très haut dans le ciel, Freak fait tout un foin parce qu'il voit rien. Y a trop de gens serrés autour de nous, il voit que des pieds et des genoux. Les parents prennent leurs mômes dans les bras pour qu'ils voient les fleurs roses exploser dans le ciel, alors moi, sans réfléchir, je me penche, j'attrape Freak et je le pose sur mes épaules.

Il est un peu château branlant au départ, et puis il m'attrape la tignasse et se cale. Et quand la première grosse fusée explose, ça fait un énorme boum, je le sens jusque dans mon ventre, et Freak hurle :

— Gééééant !

Là, je sais que c'est bon. Il est pas vexé parce que je l'ai porté et mis sur mes épaules comme s'il était un petit môme et pas l'être humain le plus intelligent de la Terre.

— Magnésium ! il hurle quand les étincelles blanches illuminent le ciel et retombent en dégoulinant sur l'étang. Chlorate de potassium ! quand les feux de bengale font entendre leur *womp-womp-womp* et que tout le monde fait ooooooh ! Nitrate de potassium ! Soufre ! Aluminium !

Après une gerbe rouge dans le ciel, il me tire les cheveux et s'écrie :

— Cuivre ! Ça, c'est la combustion poudre de cuivre-oxygène !

Quand c'est du bleu :

— Ah, ce bon vieux nitrate de strontium !

Et moi je me dis purée, il sait vraiment tout, ou quoi ?

A la fin, comme toujours, il y a le bouquet, là où ils se défoncent et lancent tout en même temps, on se croirait en pleine Troisième Guerre mondiale, ça siffle, ça tonne, ça explose et il pleut tellement de trucs en fusion qu'on entend les *pshhhhhit !* que ça fait en touchant l'eau. Freak continue de donner tous les noms des composantes chimiques, jusqu'à ce que la dernière étincelle s'éteigne et que la foule applaudisse. Et puis tout le monde essaie de partir en même temps, comme un troupeau de moutons débiles.

7

Le monde vu de haut

T'as déjà remarqué que l'odeur de la poudre, ça donne soif ? Après le feu d'artifice, je pique tout droit vers l'endroit où sont installées les buvettes, le long de la rue, avec une envie de limonade glacée, je sens son goût *propre* dans mon gosier, et pendant un instant, j'oublie que Freak est toujours sur mes épaules.

— La perspective est étonnante, d'ici, il me dit. Et c'est ce que tu vois tout le temps.

— Je suis pas si grand que ça, quand même. Là-haut, tu fais soixante centimètres de plus que moi.

— Génial. J'adore.

On se faufile dans la foule, et on est presque à la buvette quand Freak me tire par les cheveux.

— Crétin à deux heures, il dit d'un ton urgent. Et deux autres à trois heures.

— Hein ? Quoi ?

— Lame et sa bande, me souffle Freak. Ils nous ont localisés et convergent sur nous. Prends à gauche. Grouille, si tu tiens à la vie !

Dommage que je m'emmêle un peu les pédales entre ma droite et ma gauche. Quand j'y pense pas, ça vient tout seul, mais s'il faut que j'y pense dans l'urgence, dans ma tête, ça cafouille total. Droite ? Gauche ? Qu'est-ce que ça veut dire ?

— A gauche ! insiste Freak, et il me donne un coup avec son petit pied, comme pour un cheval.

Ça y est, je percute. Va dans cette direction, suis les pieds !

— Plus vite ! me presse Freak, et heureusement qu'il a pas d'éperons, mais je m'en fiche, tout ce que je veux, c'est semer Lame.

— En avant toute ! claironne mon cavalier. Plus vite, ô puissante bête !

Là, je cours au grand galop à travers la foule. J'ai même pas besoin de me retourner, tout ce que j'ai à faire, c'est obéir aux coups de pied de Freak, qui me dirige. Je suis presque sûr qu'on est tirés d'affaire quand un punk déboule je sais pas d'où, un type de la bande qu'a un sourire méchant.

— Par ici, Tony ! Je les ai coincés !

— Qu'est-ce que je fais ? je demande à Freak.

— Je réfléchis, je réfléchis, il me répond.

J'entends Lame avant de le voir. J'entends son rire de fou furieux, tellement méchant et vicieux que dans mon estomac, tout à coup, c'est la banquise, et dans mes genoux, la fonte des neiges.

— Hé, vous ! Le monstre et le mongol géant, je vais vous planter ! Je vais vous larder, vous couper en tranches ! Ça va gicler !

Maintenant, je le vois, je vois son sourire aux dents pointues, et ses yeux noirs, cruels. Il titube mais il avance quand même à travers la foule, entouré de punks. Il y en a partout, des punks, je regarde autour de moi et chaque fois je tombe sur une tronche qu'essaie d'avoir l'air aussi féroce que Tony D.

— Dis-moi ce que je dois faire, je lâche d'une toute petite voix.

Freak me tape gentiment sur l'épaule.

— Donne-moi une nanoseconde pour envisager les différentes options.

— Ça va gicler !

Et l'autre qui plonge une main dans sa poche arrière !

— Dépêche ! je souffle à Freak.

Et voilà qu'il me donne un coup de pied dans le côté gauche en disant :

— Allez, vas-y !

Je me rue dans cette direction, et je fonce droit dans un punk, qu'est tellement surpris qu'il en crache son chewing-gum. Il essaie de m'attraper par la jambe mais je me dégage et je cours en zigzag sans vraiment regarder où je vais. Je laisse Freak décider parce qu'il doit avoir un plan, un type aussi futé que lui.

Et j'ai raison. Il a un plan. Sauf que le plan, c'est foncer jusqu'à l'étang et nous noyer tous les deux.

— Vas-y, il dit pour m'encourager. Fais-moi confiance, on va s'en sortir !

Derrière nous, Lame crie lui aussi, et j'entends le bruit de ses bottes. Il nous rattrape.

— A fond les manettes ! hurle Freak en me frappant avec les deux pieds, ce qui veut dire tout droit. Direction l'H_2O !

L'étang est droit devant moi, je suis au milieu des canettes et des papiers gras, et puis j'entends un sifflement et je comprends que Tony D. agite son couteau, découpe l'air en tranches, et je vois pas où aller sinon dans l'eau, comme Freak a dit.

Je manque me ramasser presque tout de suite parce que au bord, c'est rien que de la vase, toute gluante et profonde, j'en ai jusqu'aux genoux. Mais j'ai tellement peur de Tony D., tellement peur qu'il me morde avec ses dents de vampire, que je continue. Mes pieds font des drôles de *sluuurp* quand je les tire de la vase, je fais des pas aussi longs que possible, et j'avance, j'avance.

Je vais si vite que j'ai de l'eau jusqu'au torse quand, finalement, Freak m'agrippe le scalp à deux mains.

— Holà ! Ralentis, on les a eus.

A cause de la boue, qui me bloque au niveau des genoux, j'ai beaucoup de mal à me retourner. Quand enfin je regarde vers la berge, je vois Lame qu'a plus que la tête hors de l'eau, il est tout blanc et a l'air d'avoir peur comme jamais.

— A l'aide ! il gargouille en buvant la tasse.

Ses potes plongent pour aller le chercher,

ils ont un mal de chien à le tirer de la boue tellement il s'est enfoncé, et quand ils regagnent la terre ferme, ils sont complètement couverts de boue et de vase, ils suffoquent comme des poissons qu'auraient sauté hors du bocal et sont trop crevés pour jurer, mais ça dure pas longtemps.

Lame a de la boue jusqu'au cou, ce qui lui va plutôt bien. Disons que sur lui, ça fait naturel. Il se tourne vers sa bande qui dégouline allégrement.

— Allez chercher des cailloux, on va s'entraîner au tir !

— Et nous, qu'est-ce qu'on fait, maintenant ? je demande, parce que je sens que je continue de m'enfoncer, et j'ai de l'eau jusqu'aux épaules, même les pieds de Freak sont mouillés.

— Attends, la cavalerie arrive. N'entends-tu pas le clairon ?

Je tends l'oreille mais j'entends rien à part Lame et sa bande qui se carapatent dans tous les sens pour trouver des munitions. C'est Lame qui nous lance la première pierre. Manqué.

— Tu peux bouger ? me demande Freak.

— Je crois pas.

C'est vrai. Je suis dans la boue jusqu'aux cuisses, je peux même pas tomber tellement elle est dense. Je suis un gros poteau planté à découvert, et tout le monde sait que comme cible, on fait pas mieux.

Les cailloux tombent de plus en plus près. Les premiers étaient trop lourds, mais les punks pigent vite et passent à des plus petits, plus légers. Là, je sens qu'on est mal barrés.

Et puis, au-dessus de moi, j'entends comme un cri perçant. Freak a les doigts dans la bouche, il siffle. Si fort, si aigu, ça vibre tellement que ça me fait presque mal aux oreilles. Alors j'aperçois ce que Freak voyait depuis le début, une voiture de flics qui patrouille très lentement sur la route qui fait le tour de l'étang. Ils font toujours ça après les feux d'artifice.

Freak siffle toujours, et le projecteur de surveillance de la voiture balaye la surface de l'eau jusqu'à nous. La lumière me fait cligner des yeux. Là-haut, Freak s'agite comme un malade, fait des signaux, et tout. Et puis voilà que par le mégaphone, on entend une voix de flic qui nous ordonne de pas bouger. Ils en ont de bonnes. Faudrait encore qu'on puisse !

C'est dur de distinguer quoi que ce soit dans le faisceau lumineux, mais Freak me dit que Lame et sa bande partent en courant. Comme des belettes en baskets, il dit.

— M'sieur l'agent ! il hurle en direction de la lumière. On a besoin d'aide.

Au bout du compte, ils sont obligés de sortir des cordes pour me tirer de là. Freak refuse de me lâcher, il s'accroche à mes épaules, même quand un des flics du bateau qui s'est approché de nous essaie de le prendre dans ses bras. Une fois qu'on a regagné la rive, tout le monde est super gentil avec nous, nous donne des couvertures et des cocas et dit que Tony D., on le connaît, et on va l'avoir à l'œil, vous inquiétez pas.

— Bon, les petits gars, si vous nous disiez comment vous vous appelez, qu'on puisse prévenir vos mamans ? demande un des flics.

Et puis y en a un autre qui me regarde d'un drôle d'air et lâche :

— Dites donc, ça serait pas le fils à Kenny Kane, ça ? J'en mettrais ma main à couper. Kane le Caïd. Il est toujours à l'ombre ?

Freak n'a pas quitté mes épaules et quand ils lui demandent son nom, il répond :

— Freak le Vaillant, voilà comment on s'appelle. Et on mesure deux mètres soixante, au cas où vous l'auriez pas remarqué.

C'est comme ça que ça a commencé vraiment. Comme ça qu'on est devenus Freak le Vaillant, qui tuait les dinosaures et les fous, et voyait le monde de haut.

8

Cervelle de dinosaure

Quel été super !

Je pensais qu'on allait avoir des ennuis après notre bain dans l'étang. Quand les flics nous ramènent à la maison et que je sors de la voiture tout mouillé et gluant de vase, c'est pas vraiment la joie. Grim me passe au jet d'un air pas très cool, du genre les ennuis commencent, mais les flics lui dressent le tableau comme quoi je suis un héros, que j'ai sauvé le pauvre petit garçon handicapé. Il les écoute et, à sa tête, je vois bien qu'il en revient pas. Ensuite, il va chercher Gram, qui sort en courant et en chemise de nuit avec une serviette-éponge et fait toute une histoire.

Moi qui sauve Freak. Hilarant, non ? Sauf que c'est l'impression que j'ai dû donner de loin parce que jamais personne a su que c'était Freak qui m'avait sauvé — ou plutôt son cerveau génial qui a tiré ma grosse carcasse d'empoté d'un pétrin complet.

Gram me frotte avec la serviette. Elle tremble.

— Quand j'ai vu le gyrophare, j'ai imaginé le pire, elle dit.

Derrière elle, Grim me fixe en secouant la tête.

— Qui aurait cru, hein, Mabel ? il lui fait.

Ce qui est une sorte de plaisanterie parce que Gram s'appelle pas Mabel.

Enfin bon, on rentre à la maison, et la première chose que fait Gram, c'est de me servir une glace, et Grim secoue la tête en disant :

— Ce qu'il faut à ce jeune garçon, c'est un bon café. Du vrai café.

Il met un filtre dans la cafetière, dose le café et le regarde passer l'air sévère, complètement perdu dans ses pensées. Quand j'ai fini la glace, il me tend une tasse de café, une tasse du service en porcelaine, celui qu'on n'utilise jamais.

Il me la donne comme si c'était très important, peut-être parce que, en principe, j'ai pas encore le droit de boire du café. Il est tellement sérieux, tellement « Grim », que j'ouvre la bouche pour lui dire ben quoi, pas de quoi en faire un fromage, si tu crois que c'est la première fois que j'en bois, du café ! Et puis je sais pas ce qui se passe, tout ce qui sort, c'est « Merci, monsieur ». Comme si j'étais possédé. Je vois pas du tout comment ça m'est venu, ni pourquoi.

— Merci pour la serviette, Gram, je continue. Et pour la glace. Je pourrais avoir du sucre, pour le café ? Deux, s'il te plaît.

Grim claque des mains.

— Bien sûr que tu peux, fiston.

Et là, j'en crois pas mes oreilles, parce qu'il m'appelle jamais comme ça. Toujours Max ou Maxwell, ou « ce garçon ».

Ensuite, il s'éclaircit la voix, toussote en mettant son poing devant sa bouche. Gram nous regarde tous les deux ; elle a cette espèce de lueur dans les yeux, ce regard bienveillant qui dit voilà comment les choses doivent se passer, comment elles se passent toujours dans *Les Années coup de cœur*, avec la famille qui barbote dans l'eau de rose et les bons sentiments en se rappelant un truc débile, pas vraiment une bêtise, qu'a fait le fiston pendant sa merveilleuse enfance.

— Je voudrais que tu promettes une chose, Maxwell mon chéri, dit Gram. Promets-moi que dorénavant tu te tiendras à l'écart de ce voyou et de sa bande. Personne n'a été blessé cette fois, mais je tremble en pensant à ce qui aurait pu arriver.

Et Grim, bénie soit sa petite tête pointue, lui répond :

— Maxwell est tout à fait capable de se débrouiller tout seul. Hein, Max ?

Bon, il a dit : *Hein, Max,* pas « fiston ». Mais ça me dérange pas.

— Je sais courir, je dis à Gram. Si je vois Tony D., c'est ce que je ferai.

— C'est bien. Je pensais... parce que tu es beaucoup plus costaud que lui... mais fais comme ça, mon chéri. Pars en courant.

— Il ne part pas en courant, rectifie Grim.

Il opère une manœuvre d'évitement. Pour éviter une confrontation. C'est très différent, n'est-ce pas, Max ?

Je hoche la tête, je bois mon café sans bruits de bouche et je décide de ne pas parler du fait que Tony D. a un couteau et probablement des armes à feu aussi, parce que Gram se ferait du souci et quand elle a des soucis elle est pas à prendre avec des pincettes.

Comme j'ai dit, l'été tourne plutôt bien. D'habitude, je traîne, je lis mes bandes dessinées et je regarde la télé, ou je vais faire des courses avec Gram si elle insiste vraiment. Je déteste la plage, d'abord parce que c'est débile, avec tous ces mecs bronzés et en pleine forme, et-regardez-comme-on-est-beaux, et ensuite parce que si tu me voyais allongé sur une serviette, tu dirais : Hé, qu'est-ce qu'il fait avec des lunettes de soleil, le morse albinos, là ?

Donc, la plupart du temps, je végète dans mon sous-sol et je me gratte l'ombilic, comme dit Grim. Monsieur Crotte-de-Nombril en personne.

Freak change tout ça. Tous les matins, le petit mec se ramène en béquilles et tape à ma porte. *Bang, bang, bang !* Il est peut-être petit mais il est très bruyant.

— Debout, monstre de paresse ! Nous avons de gentes dames à sauver ! Des dragons à tuer !

C'est ce qu'il dit, mot pour mot, tous les

matins. Toujours la même chose. Ce qui fait qu'au bout d'un moment c'est un peu comme s'il était un réveil, et dès que j'entends le *bang, bang, bang !* à la porte, je sais qu'ensuite il va être question de gentes dames et de dragons, et que Freak va entrer avec un sourire à réveiller l'univers en disant :

— Dépêche d'avaler tes céréales, comment peux-tu manger autant, espèce de gros bœuf, allez, dépêche, qu'est-ce qu'on fait ?

Il déborde d'énergie, c'est dingue, on entend presque bourdonner son cerveau, et il peut jamais rester en place.

— Des fourmis dans le slip, je dis un matin alors qu'il est près de me retirer mon bol tellement il est pressé de *faire* quelque chose.

— Comment ? il me demande.

— Tu dois avoir des fourmis dans le slip.

Il me regarde d'un drôle d'air.

— C'est ce que dit toujours la Douce Gwen. C'est elle qui t'a dit de me le dire ?

Je fais non de la tête en finissant mes céréales le plus lentement possible.

— Au cas où tu ne le saurais pas, Freak continue, il existe deux mille deux cent quarante-sept sous-espèces connues d'insectes hyménoptères, nom latin *Formicidae,* et aucune d'elles n'a élu domicile dans mon slip.

Ce qui me fait marrer, même si j'ai pas compris un traître mot de ce qu'il vient de dire.

— Je propose une quête, il m'annonce. Nous mettrons le cap à l'est afin de voir ce qu'il y a là-bas.

Maintenant, je sais ce que c'est qu'une quête, parce qu'il m'a tout expliqué, comment ça a commencé avec le roi Arthur qu'essayait d'occuper ses chevaliers en leur donnant des trucs à faire qui prouvaient combien ils étaient forts et courageux et intelligents, ou des fois carrément bas de plafond, parce que je vois pas comment expliquer autrement que des types se baladent un peu partout dans des boîtes de conserve en priant sans arrêt. Mais ça, je le dis pas à Freak parce qu'il est très chatouilleux pour tout ce qui est chevaliers, quêtes et codes secrets. Pour lui, un dragon, c'est pas seulement un sale monstre cracheur de feu, c'est un symbole de la nature ou un truc comme ça.

— Un dragon, c'est la peur du monde de la nature, il dit. Un archétype de l'inconnu.

— Un arqué type ? je lui demande.

Il soupire, secoue la tête et tire son dictionnaire de son sac à dos.

C'est pas des blagues. Il a un dico dans son sac, c'est son bouquin préféré, et il le sort comme Arnold Schwarzenegger sort un pistolet-mitrailleur, c'est pour te donner une idée du regard féroce qu'il a quand il a un livre entre les mains.

— Vas-y, il me dit en me tendant le dico. Cherche.

Moi, je regrette de pas avoir fermé ma gueule à propos du type en forme d'arc parce que je *déteste* chercher des mots dans son dictionnaire à la noix.

— Ça commence par un A, il me précise.

— Je sais.

— *A-r.* Tu passes dans les A jusqu'à ce que tu arrives à *Ar.*

Ben voyons. C'est facile, pour un génie, de se servir du dico, il sait déjà comment on écrit les mots. Pour Freak, les R ressemblent jamais à des E à l'envers, alors que pour moi, c'est souvent comme ça, sauf si je regarde en plissant les yeux et que je réfléchis fort.

— Attention, dit Freak. Tu vas te mordre la langue et après on va gâcher la journée aux urgences pour te la faire recoudre. La microchirurgie, c'est à mourir d'ennui, on te l'a jamais dit ?

— Hein ?

Et je ferme la bouche pour que ma langue pende pas. Je cherche toujours « archétype » parmi les mots qui sont soulignés en rouge parce que c'est ce que fait Freak quand il regarde un mot pour la première fois, il le souligne, et je peux te dire qu'il y en a un paquet de soulignés, c'est dingue. Des pages entières, même, des fois.

Finalement, il m'épelle tout le mot, et je le trouve.

— Y a rien sur les dragons, je dis en plissant les yeux comme un malade pour lire ce qu'il y a écrit en dessous du mot. Ça dit juste « modèle ». Ça a un rapport avec la peinture ?

Freak prend son air dégoûté, récupère le dictionnaire.

— T'es désespérant. « Modèle », c'est la première définition. Je faisais référence à la *seconde*, qui est beaucoup plus intéressante.

« Idée ou symbole universel de la psyché, exprimé dans les rêves ou dans des images de rêves. »

Là, je suis vachement avancé, tu vois. Mais le dictionnaire, ça commence à me gonfler, alors je fais semblant de comprendre et Freak abandonne, toujours en secouant la tête.

— Je ne sais pas pourquoi je me donne tout ce mal. Les dinosaures avaient une cervelle de la taille d'une cacahouète et ils ont fait la loi sur terre pendant cent millions d'années.

9

La vie est dangereuse

Donc nous voilà partis. C'est devenu une habitude, Freak est sur mes épaules et me dirige avec ses petits petons si j'oublie où on va. Mais on sait pas toujours où on va. Freak aime bien imaginer les choses au fur et à mesure. Tu crois que t'es juste en train de marcher sur le trottoir et en fait, tu traverses un pont hyper-dangereux, un pont en lianes, suspendu au-dessus d'un ravin très profond, et quand Freak raconte ça, c'est tellement vivant que t'as peur de regarder en bas ou bien t'as le vertige et tu tombes du trottoir.

— Ne regarde jamais le vide, il dit. Garde les yeux fermés.

Et puis il met ses mains devant mes yeux et me dit de continuer tout droit.

— Avance un pied. L'autre, maintenant.

Je fais tout ce que je peux pour garder l'équilibre, ses mains me donnent le vertige.

— Encore un pas. Tout doux, tout doux.

Maintenant, lève ton sabot... heu... je veux dire ton pied. Voilà, on y est arrivés !

Il enlève ses mains, et je vois qu'on a traversé la rue.

— Cap sur l'Orient, il ordonne quand on arrive à un croisement. Par là, puissant destrier. Là-bas se trouve l'Orient.

— Mais comment tu sais où est l'Orient ?

Je vois quelque chose briller devant mes yeux. Freak me montre sa petite boussole.

— La boussole officielle du louveteau ?

— Je l'ai maquillée exprès pour qu'on ne voie pas que c'est un objet précieux et rare transmis de génération en génération. Lancelot s'en est servi, Gauvin aussi, et pendant quelque temps le Chevalier noir l'a portée en sautoir contre son cœur.

— Alors le Chevalier noir était scout ?

Freak éclate de rire.

— Allez, par là. Nous partons pour l'Orient en mission secrète.

On marche des kilomètres. Bien plus loin que l'étang, le jardin public et le lycée. On traverse même un quartier drôlement rupin, avec plein de grandes maisons blanches et de piscines bleues. Freak arrête pas de dire des trucs du style : « Voici le Château de l'Avarice » ou : « Là se trouvent les Douves Bouchées. » Et quand on passe sous des arbres, il me dit : « Avance avec précaution » ou « La voie est libre », selon la hauteur des branches.

— On doit être en Orient, depuis le temps, je finis par lui dire. On n'est pas encore arrivés *là-bas* ?

Parce que mine de rien, je commence à avoir mal aux pieds. Mais Freak me tapote le dessus du crâne.

— *Là-bas*, c'est toujours au-delà de l'horizon. Tu peux chercher dans le dico si tu ne me crois pas.

— Oh, je te crois, je te crois !

Et on continue comme ça, rue après rue, on traverse tous les quartiers dont Freak dit que ce sont des royaumes très secrets. Je suis prêt à parier qu'on a fait au moins quinze bornes parce que mes jambes ont l'impression d'en avoir fait cent, et Freak, il a beau être léger, il commence à être lourd.

— Nous y sommes presque, il dit. Au coin de la rue, tu tourneras.

— On va où ?

— Tu verras. Et tu seras étonné.

On approche d'un carrefour très passant, les voitures vont vite, et il me semble que je connais cet endroit.

— On s'arrête prendre un coca ? je demande. Grim m'a donné un dollar, y a pas de quoi aller loin, mais on partagera.

— Ce sera ta récompense, fidèle destrier — saccharose au colorant et bulles d'air ! En avant ! Sus à la Forteresse !

Il s'avère que la Forteresse ressemble à un hôpital. D'ailleurs, *c'est* un hôpital. L'entrée principale est de l'autre côté, et nous, on est devant un bâtiment tout neuf, qui a été rajouté après. Sur la porte, il y a écrit RECHERCHE MÉDICALE, et si je le sais, c'est parce que Freak me le fait épeler.

— Est-ce que ça veut dire qu'ils font des expériences et des trucs comme ça ?

— En effet, c'est ce qu'ils font.

— Quel genre d'expériences ?

— Es-tu capable de garder un secret ? Tu le jures sur ton honneur ?

— Sûr. Sur mon honneur.

Freak est tout excité ; il frétille tellement, là-haut, que j'ai peur qu'il tombe.

— Ça ne suffit pas, il me dit. Tu dois jurer sur le sang.

— Il faut que je me coupe ?

— Non.

Je vois qu'il réfléchit à toute pompe.

— Une incision ne sera pas nécessaire. Crache dans ta main, ça fera pareil.

— Hein ?

— La salive, c'est comme le sang, mais sans le rouge. Fais ce que je te dis, crache dans ta main.

Alors je crache, un tout petit peu, mais Freak dit que c'est pas la quantité qui compte, ça marcherait même avec une seule molécule.

— Maintenant, mets ta main sur ton cœur.

Je fais comme il a dit.

— Maintenant, jure sur ton cœur que les informations que tu es sur le point de recevoir ne seront communiquées à personne.

— Je le jure.

Freak se penche, met une main en cornet sur mon oreille et murmure :

— A l'intérieur de ce bâtiment se trouve un laboratoire secret appelé Unité de bionique expérimentale. Sa mission est de mettre au point une nouvelle forme de robot bionique dont l'application sera exclusivement humaine.

— Qu'est-ce que c'est ?

— Chuuuut ! N'en parle à personne, mais dans un futur encore indéterminé, je pénétrerai dans ce labo et deviendrai le premier être humain bioniquement transformé.

— Je vois toujours pas ce que c'est, la bionique. Et, s'il te plaît, me le fais pas chercher dans le dico.

— La bionique, c'est la science qui met au point des pièces détachées pour le corps humain.

— Comme des bras et des jambes mécaniques ?

— Ça, c'est le passé, déjà. L'unité de bionique est en train de fabriquer un nouveau corps à ma taille.

— Ah oui ? Et de quoi il aura l'air ? D'un robot ?

— D'un robot humain. Qui me ressemblera beaucoup, mais en plus grand, et en mieux.

— Ouais, bon. On rentre ? J'ai les nougats en compote.

Freak me tire les cheveux d'un mouvement brusque.

— Mais c'est vrai ! il s'emballe. J'ai déjà été là-dedans, dans l'unité spéciale ! J'y vais presque tous les mois pour faire des tests. Ils ont pris mes mesures, analysé mon sang, étudié mon métabolisme, écouté mon rythme cardiaque et mes fonctions respiratoires. Je suis passé à la radio, au scanner et à l'échographie.

Ils me préparent pour une transplantation bionique, je serai le premier.

Je vois qu'il raconte pas des blagues. C'est pas une quête inventée, il y a pas de maisons transformées en châteaux, ni de piscines en douves. On est venus parce que Freak voulait me montrer où il était allé. L'endroit est important pour lui. Je comprends ça, c'est déjà pas mal. Parce que ses histoires de bionique et de robots humains, c'est toujours du chinois, pour moi.

— Ça va te faire mal ? je lui demande. De te faire changer des pièces ?

Freak ne répond pas tout de suite, et puis d'une voix ferme, assurée, il dit :

— Bien sûr que ça va me faire mal. Et alors ? La douleur, ce n'est jamais qu'un état d'esprit. En se concentrant, on peut échapper à tout, même à la douleur.

Moi, ça commence à m'inquiéter, cette histoire.

— Mais pourquoi tu veux être le premier ? Ils pourraient pas essayer sur quelqu'un d'autre, avant ? C'est pas dangereux, leur truc ?

— La vie est dangereuse, me répond Freak, et je vois qu'il a déjà pas mal réfléchi à ça.

Au bout d'un moment, il me donne un petit coup de talon et dit simplement :

— On rentre.

10

Des rats ou pire

Il s'est passé un truc pendant l'été : j'ai encore grandi.

Grim me regarde, un jour, et dit :

— Toute cette marche, ça doit t'allonger les jambes. Et à force de porter le pauvre Kevin partout où tu vas, tu t'es fait du muscle.

— Il est pas si lourd que ça. Et puis je trouve que c'est pas juste que tout le monde dise toujours le pauvre Kevin simplement parce qu'il a pas grandi.

Grim me regarde un moment sans rien dire, l'air triste, puis il se racle la gorge.

— Tu as tout à fait raison, c'est un garçon assez remarquable.

— Il connaît presque tout le dictionnaire par cœur, tu peux lui demander n'importe quoi, il sait ce que ça veut dire.

— Vraiment ?

Il dit ça avec un air dubitatif, comme s'il

pensait que Freak est un menteur et qu'un débile comme moi peut pas faire la différence. Je voudrais lui dire qu'il se goure, pour Freak et le dico, mais à la place, je la boucle et je descends dans ma piaule.

Grim, des fois, il est sympa, comme quand Tony D. nous a poussés à aller faire trempette dans l'étang, mais la plupart du temps, il croit qu'il sait tout, et c'est pas vrai.

Donc je suis dans mon terrier, j'écoute mes cassettes de thrash sur le faux baladeur Sony que j'ai eu à Noël dernier quand Freak jaillit à côté de mon lit. Avec le casque et le volume à fond, je l'ai pas entendu arriver, il est *là*, tout à coup, *talaaa !* et je fais un bond d'au moins trente centimètres.

Il lève les yeux au ciel.

— Ah, la musique, comme elle adoucit la bête sauvage !

— Comment t'es arrivé ?

— Tu y crois, toi, à la téléportation ? Non ? Alors je suis arrivé par la porte du jardin, comme d'hab'. Et comme d'hab', j'ai une idée de quête.

— J'ai mal aux pieds, je lui dis tout de suite.

— On n'aura pas besoin de quitter le quartier.

— Super ! Quel genre de quête ?

Il sourit de toutes ses dents.

— Une chasse au trésor. Sauf qu'on n'a pas réellement à chasser, parce que je sais déjà où se trouve le trésor.

— Où ça ?

— Sous la terre. Enfin, plus précisément, dans les égouts.

— C'est ça.

Du coup, je me rassois. Freak me jette un regard de côté, et je vois bien qu'il me dit pas tout. Il dit jamais tout. Enfin, jamais tout d'un coup.

— C'est vrai. Le trésor est caché dans une conduite d'égout. Cette information a été confirmée par observation visuelle.

— Un trésor dans une conduite d'égout ? Tu veux dire, des diamants, de l'or, ce genre de trésor ?

— Peut-être bien. Tout est possible.

Il dit ça avec un air mystérieux. Son idée, c'est d'attendre jusqu'à ce que la nuit tombe, pour que personne ne nous voie en train de trifouiller dans la conduite.

— Et pas seulement la nuit, il ajoute, il faut qu'on le fasse à trois heures du matin pile. L'obscurité est optimale à zéro-trois-zéro-zéro heures, il ajoute en regardant la nouvelle montre que lui a offerte sa mère, du style qui te donne l'heure qu'il est à Tokyo, au cas où ça t'intéresserait. Il faudra qu'on s'habille en noir et qu'on s'enduise le visage de suie.

Les deux heures qui suivent, on les passe à chercher de la suie, mais pour avoir de la suie, il faut une cheminée, alors Freak décide que, finalement, mon idée de prendre de la terre à la place est pas si mauvaise.

— J'ai une salopette noire, mais pas de chemise noire. Est-ce que je peux simplement mettre un T-shirt sale ?

Il fait une grimace.

— C'est dégoûtant ! T'inquiète pas pour la chemise, je t'en trouverai une. Pour les chaussettes, tu vas pouvoir te débrouiller ?

T'as déjà remarqué le temps que ça prend pour que les choses arrivent, quand tu sais qu'elles vont arriver ? Mon faux Sony a un réveil intégré. Je le règle pour deux heures du matin et je me couche avec le casque vissé sur les oreilles. Mais pour pouvoir se réveiller, il faut s'endormir, et moi, j'arrive pas à m'endormir parce que j'attends que le réveil sonne. Le comportement débile par excellence, je sais, merci.

Bref, je suis allongé dans le noir pendant une chaude nuit d'été, et je réfléchis. *Un trésor dans les égouts ? C'est quoi, comme genre de quête, ça ? Encore une invention de Freak ?*

Pendant ce temps, un criquet chante son air de crincrin, ce qui me dérange pas en général, sauf que quand t'essaies de t'endormir, ça te met les nerfs et tu rêves plus que d'une grosse bombe de Raid pour l'envoyer à Disneyworld ou au paradis des insectes, enfin, là où vont les criquets quand ils meurent.

Question : Comment Freak a su, pour le trésor dans l'égout ?

Question : Pourquoi faut qu'on se salisse la figure ?

Question : Pourquoi à trois heures du matin ?

Question : Ça vit combien de temps, un criquet ?

Je finis par laisser tomber les trois premières et décide de m'attaquer au problème du criquet, mais le petit futé arrête de chanter dès que je m'approche trop ; je le trouve pas, et donc je peux pas l'écraser d'un coup de pompe, ce que je suis pourtant prêt à faire, même si les criquets sont des animaux inoffensifs.

Et puis au bout d'une éternité ou presque, il est deux heures et demie, alors je me lève et je vais attendre Freak sous sa fenêtre, comme prévu.

Il y a pas de lune, le ciel est noir et vide, et les jardins tellement déserts que c'en est à la fois effrayant et excitant — en fait, ce qu'il y a, c'est que c'est la première fois que je me retrouve seul dehors à cette heure de la nuit.

Je tombe deux fois, à peine, c'est plutôt pas mal étant donné le manque de visibilité. Quand j'arrive à la fenêtre de Freak, il m'attend déjà.

— Tu fais autant de bruit qu'une vieille voiture, il me dit. Tiens, mets cette chemise, pour qu'on ne te voie pas dans le noir.

Par la fenêtre, il me tend une chemise toute drôle au toucher.

— Hé ! Mais c'est le chemisier de ta mère !

— Il est noir. C'est ce qui compte. Le camouflage avant tout.

— Pas question, je lui dis en lui rendant le chemisier de la Douce Gwen.

Freak soupire.

— Très bien. Alors roule-toi par terre. Pare-toi de noirceur !

Fastoche. Et bien mieux que ce stupide chemisier.

— Et toi ? je lui demande, une fois couvert de terre au point que j'ai envie d'éternuer.

Il grimpe sur le rebord de la fenêtre et me lance :

— Prends garde à la Force, Terrien !

Il est en costume de Darth Vader, sauf qu'il ne porte pas le masque. Il ouvre la fenêtre en grand, je le prends dans mes bras pour le poser sur mes épaules.

— Jure de m'être mon féal, il me dit.

— Hein ?

— Rien. On n'a pas le temps de chercher « féal ». Promets-moi simplement de faire ce que je te dirai de faire.

— Promis.

— Bien. Va jusqu'au coin de la rue. Et tente de te fondre dans l'obscurité.

C'est pas difficile, il fait noir comme dans un four, je vois à peine mes pieds. A moins que j'aie de la terre dans les yeux. Mais de toute façon, personne nous voit, puisqu'il n'y a personne. On croirait jamais que des gens vivent ici, j'ai l'impression d'être sur une planète déserte.

— Il était aussi grand que ça, le vrai Darth Vader ? me demande Freak de là-haut.

— Je croyais que c'était qu'un film.

— Tu sais bien ce que je veux dire. Hé ! Qu'est-ce que c'est que ça ?

« Ça », c'est un chat qui me déboule dans

les pieds de je ne sais où, et tellement subitement que mon cœur met le turbo.

— Etait-ce un chat noir ? veut savoir Freak.

— Y fait trop sombre, j'ai pas vu. On est bientôt arrivés ?

Je finis par réaliser que si j'y vois aussi mal, c'est parce que j'ai la cape de Darth Vader juste devant les yeux. Mais on est déjà au coin de la rue, et la bouche d'égout est juste là, au bord du trottoir.

— Essaie de l'ouvrir, me dit Freak.

Je l'ai descendu de mes épaules, et il est debout, bras croisés, avec cette expression sur son visage... ben c'est tout à fait Darth Vader — à l'échelle 1/10e.

Je m'agrippe à la grille de l'égout et j'essaie de la déloger, mais pas moyen.

— Elle veut pas bouger.

— Réessaie.

Il a toujours les bras croisés, on dirait un seigneur de l'univers.

Je réessaie, mais elle doit être collée à la Superglu, cette grille. Impossible de la tirer. Freak m'attrape la jambe.

— Option numéro deux activée.

Il plonge la main sous sa petite cape et en ressort une lampe de poche, minuscule, on dirait un allume-cigare, et une bobine de ficelle à cerf-volant.

— J'ai conçu un dispositif spécial de récupération.

— On dirait un trombone tordu sur une ficelle, je lui dis.

Il se met à genoux et regarde à travers la grille avec sa lampe.

— Tu le vois ? il me demande. Tu le vois ?

Je regarde, mais c'est difficile de distinguer quoi que ce soit, et puis ça sent le cadavre, là-bas dedans. D'ailleurs, il y en a probablement, des cadavres. De rats ou pire.

— Là en bas, me dit Freak. Dans le faisceau de ma lampe.

— Ça ? C'est un détritus quelconque.

— Faux. On *dirait* un détritus. Mais il est très possible qu'il contienne de fabuleuses richesses. Passe la ficelle par la grille et essaie de l'accrocher.

Moi, je suis en train de me dire que, vraiment, je suis le dernier des benêts, de me rouler par terre pour que ce Darth Vader modèle réduit puisse se faire un cinéma pas possible en plein milieu de la nuit, mais j'obéis, je lâche l'hameçon et, à ma grande surprise, il accroche tout de suite quelque chose. Je tire vite, pour voir ce que j'ai pris.

— Un sac à main. On dirait un vieux sac à main pourri.

— Fais attention, me dit Freak. Tire-le jusqu'à la grille pour que je puisse l'attraper.

Je le remonte tout doucement, et Darth — pardon, Freak — arrive à passer sa petite main entre les barreaux, saisit ce vieux sac dégoûtant, et manque le lâcher. Je tire un bon coup sur la ficelle et, à nous deux, on rattrape notre pêche et on la fait passer entre les barreaux.

— Pfffiou ! Mission accomplie ! s'exclame Freak.

Le vieux sac est déchiré et trempé, et j'ai aucune envie d'y toucher sans mettre des gants.

— C'est dégueu. On dirait que quelqu'un l'a jeté dans les gogues et tiré la chasse.

— Tu n'y es pas du tout. J'ai vu un des gars de Tony D. le fourrer là-dedans hier matin.

— Ah bon ? Il avait dû le piquer.

— Sans doute.

Freak ouvre le sac et examine l'intérieur avec sa lampe de poche.

Je sais déjà qu'on risque pas de découvrir un trésor là-dedans, mais c'est quand même assez cool de récupérer un truc que la bande de Lame a probablement tiré à une vieille dame.

— Un portefeuille, dit Freak en ouvrant un portefeuille un peu minable, le genre qui sert à mettre les cartes de crédit.

Y a pas un rond dedans, mais il y a une carte d'identité plastifiée avec le nom d'une dame.

— « Loretta Lee », lit Freak. Je te parie tout ce que tu veux qu'il s'agit d'une damoiselle en détresse.

Ce qui se trouve être presque vrai. En réalité, c'est une damoiselle qui *provoque* la détresse. Ça, on s'en aperçoit dès le lendemain.

11

Celle par qui la détresse arrive

Sur la carte d'identité, l'adresse indique une rue de l'autre côté de l'étang. C'est un endroit qu'on appelait autrefois la cité H.L.M. mais aujourd'hui, tout le monde dit la cité G. La N., ce qui, Gram me l'a expliqué, n'a plus rien à voir avec la modicité des loyers.

— Ça les amuse de changer de nom, elle me dit. Tu peux appeler cet endroit comme tu veux, mais je t'interdis d'y mettre les pieds. C'est bien compris, Maxwell, mon chéri ?

Comme j'avais aucune envie d'aller me balader là-bas, ma promesse était facile à tenir, et puis après qu'on a trouvé le vieux sac dans les égouts, Freak m'explique qu'on a pas le droit de ne pas tenir sa parole quand on est lancé dans une quête.

— Peut-être même qu'il y aura une récompense à la clé, il ajoute.

— Elle aura pas beaucoup d'argent, si elle

habite la cité, cette dame. Y a que des pauvres et des camés, là-bas.

Pour y aller, on traverse le jardin public et on coupe par-derrière un petit bosquet pour le cas où quelqu'un nous regarderait. Ensuite, on longe les berges de l'étang. Freak est sur mes épaules, comme presque toujours maintenant. Comme ça, il a pas besoin de mettre son armature métallique aux jambes, ni de prendre ses béquilles. En plus, j'aime bien la sensation d'avoir une grosse tête sur les épaules, ça m'aide à réfléchir.

Freak parle sans arrêt, à toute vitesse, une vraie pipelette. De la Table ronde et de l'importance des quêtes, de la raison pour laquelle les chevaliers sont liés par un serment, ce qui n'est pas pareil que de jurer, et moi j'essaie de suivre, je pose pas de questions, parce que si j'en pose, il va sortir son dictionnaire.

Mais quand on arrive à la cité, Freak dit plus un mot. C'est grand, tout délabré, il y a un tas d'appartements, c'est sinistre et ça sent le poisson et le lait tourné. Un peu partout traînent des vélos et des jouets, la plupart en mauvais état ou cassés, et les mômes qui habitent là ont pas l'air en meilleure forme que leurs jouets. Quand ils nous voient arriver, ils partent en courant et en hurlant, mais on sent bien qu'ils ont pas vraiment peur, ils font semblant de croire qu'on est un monstre ou un truc comme ça. Hi hi hi !

— Peut-être devrions-nous réétudier les modalités de cette quête, dit Freak.

Là-haut, je le sens mal à l'aise, il se tortille

comme un ver, arrête pas de se retourner. Mais on est déjà devant la porte de l'appartement, et je dis :

— Elle en a peut-être vraiment besoin, de sa carte d'identité.

Ce qui arrive ensuite est donc ma faute.

La porte s'ouvre avant même qu'on ait eu le temps de sonner, une main apparaît — on dirait un serpent — et cherche la boîte aux lettres, y trouve un journal, le prend et disparaît à l'intérieur. Cette main qui tâtonne comme un aveugle, ça me fiche la pétoche. *Barrons-nous*, je me dis.

Mais le temps que mes pieds se bougent et nous emportent loin d'ici fissa, une voix de femme lâche une bordée de jurons et conclut par :

— Iggy ! Viens voir un peu !

Et la voilà dans l'encadrement de la porte : une bonne femme toute maigre aux cheveux jaunes, avec des petits yeux durs et des lèvres barbouillées de rouge. Elle porte une vieille robe de chambre miteuse, a une cigarette au bec, et nous regarde en plissant les yeux et en faisant la grimace.

— Iggy, viens voir, elle répète, la bouche en coin. Le cirque est arrivé en ville ou quoi ?

Arrive un grand type tout poilu, avec un bide de buveur de bière, des bras de géant couverts de tatouages bleus, et une barbe rousse qu'on dirait faite en fil de fer barbelé.

— C'est pas le cirque, il dit en balançant un crachat comac sur le palier. C'est le carnaval.

Freak dit rien, et moi je veux me tirer d'ici alors je fais :

— Excusez-nous, on s'est trompés de numéro.

Et j'essaie de reculer sans me prendre les pattes dans un tricycle qui traîne là, quand le grand poilu sort et se met en travers de mon chemin.

— Pas si vite. Qui vous envoie ?

— Je le connais, le grand, dit la femme.

Elle gesticule avec sa cigarette, me regarde en fronçant les sourcils, et je vois bien qu'elle cherche dans sa petite tête, y a quelque chose qui la tracasse.

— Je l'ai déjà vu quelque part. Il te rappelle pas quelqu'un, Iggy ?

— Excusez-nous, dit enfin Freak, mais nous avons la mauvaise adresse. Nous cherchions, heu... Mlle Loretta Lee.

En entendant ça, le grand tatoué se met à rire, d'un rire gras qui vient du fond de son gros bide.

— T'entends ça, Loretta ? C'est un ancien ticket à toi, ça ?

Et puis il tend le bras et me donne un coup dans la poitrine, juste assez fort pour me couper le souffle.

— T'as perdu ta langue, môme ? C'est quoi, ce cinéma, un numéro de frères siamois ?

Tout ce que je trouve à dire, c'est « Oups », parce que finalement on est bien à la bonne adresse. La bonne femme en robe de chambre, c'est Loretta Lee et, plus important encore, Iggy, c'est Iggy Lee, et je me fais l'effet d'un débile profond, parce que j'en ai déjà entendu parler, de Iggy Lee, c'est le chef des Panheads, une bande de motards qu'a pas bonne réputation du tout.

— On a trouvé votre sac à main ! lâche Freak en le lui lançant.

Iggy l'attrape au vol d'une main et regarde Loretta d'un drôle d'air, du genre tu vas voir on va se marrer un peu.

— Vous feriez mieux d'entrer, il dit en levant les yeux vers Freak. Toi et Frankenstein.

— Désolé, dit Freak d'une petite voix très haut perchée. Nous allons devoir décliner votre aimable invitation car, heu... nous devons y aller, maintenant.

D'une pichenette, Loretta jette son mégot à mes pieds.

— Iggy vous a dit d'entrer, alors vous feriez mieux d'obéir.

Donc, on entre. Je suis obligé de descendre Freak pour passer la porte, et c'est à ce moment-là que Loretta me regarde fixement et dit :

— Je le connais, lui. C'est comme un flashback, Iggy. Tu le reconnais pas ?

Iggy fait pas attention à elle, il montre une chaise bancale et ordonne :

— Assieds-toi, ça me rend nerveux de regarder vers le haut.

Loretta s'approche.

— Faut pas énerver Iggy. Pas si tôt le matin. Le dernier qui l'a énervé, il a fallu le...

— La ferme, Loretta, dit Iggy d'une voix

très calme. Je réfléchis. T'as raison, sa tête me dit quelque chose.

Je suis assis sur cette chaise, qui donne des signes de faiblesse. Freak est juste à côté de moi et je vois qu'il essaie de se redresser, mais c'est pas facile parce qu'il est tout tordu de l'intérieur.

— Vos noms ? dit Iggy.

Freak se racle la gorge et essaie de parler d'une voix grave, pour faire plus vieux.

— Nous sommes désolés de vous déranger, mais nous devons rentrer, maintenant. C'est urgent, en quelque sorte.

D'un mouvement rapide, Iggy lui file une pichenette sur le nez, *chtac !* Je vois bien que ça a dû lui faire mal, mais Freak dit rien ; il se raidit, c'est tout.

— J'ai posé une question, dit Iggy, et vous feriez mieux d'y répondre, c'est clair ? Je veux savoir vos noms. Comment vous vous appelez ?

Freak lui dit son prénom, et puis le mien, et Iggy lui tapote le dessus du crâne.

— Très bien. Tu vois, c'était pas si difficile. Deuxième question, maintenant : Où est-ce que vous avez trouvé le sac de Loretta ?

Freak lui explique qu'on l'a trouvé dans l'égout. Il ne dit rien sur nos habits noirs, sa tenue de Darth Vader, les chevaliers et les quêtes.

— Question suivante, reprend Iggy : Où est l'argent ?

Loretta avale de travers la fumée de la cigarette qu'elle vient d'allumer.

— Mais, Iggy, y avait pas d'argent.

— Ta gueule, Loretta.

Elle s'étrangle à nouveau et la ferme, on voit bien qu'elle a peur de Iggy à la façon qu'elle a de se tendre dès qu'il dit quelque chose.

— J'ai deux dollars en monnaie, dit Freak, je peux vous les donner, mais il faut vraiment qu'on y aille.

Iggy le regarde, on dirait qu'il envisage sérieusement de lui vomir à la figure.

— Mais qu'est-ce que t'as, à vouloir absolument rentrer chez toi ? On discute gentiment, là, gâche pas tout avec tes histoires.

Tout à coup, Loretta fait un bond et s'écrie :

— Ça y est, Iggy, Iggy, j'ai trouvé ! Kenny Kane ! Tu te souviens de Kenny Kane ?

L'espace d'un instant, je crois qu'il va la frapper, puis il se détend, me regarde fixement, et ses yeux s'arrondissent.

— Bien sûr, il dit en hochant la tête. C'est ça. Kenny Kane. T'as raison, c'est le portrait craché de Kane le Caïd. Tu dois être son môme, hein ? Evidemment.

Loretta est toute contente d'avoir enfin trouvé, elle court dans la cuisine, donne un coup de pied dans un truc qui traîne par terre, ouvre la porte du frigo, et on l'entend répéter en riant :

— Je le *savais* ! Je le *savais* !

Quand elle revient, elle a deux canettes de Bud à la main. Elle les ouvre toutes les deux et en tend une à Iggy.

— Le petit déjeuner des champions ! C'est

dingue, hein ? Tu te rappelles la fois où le vieux Kenny...

— La ferme, Loretta !

Iggy boit sa bière d'un trait, puis il écrase la canette dans son poing et la jette par terre. Je remarque alors que le sol est jonché de canettes écrasées, comme si on était dans une poubelle ou un cendrier géants.

Freak me regarde l'air de dire mais qu'est-ce qui se passe, j'aimerais qu'on m'explique, et cet air me fait encore plus peur que Iggy Lee et tous ses tatouages.

— Lui aussi, je le remets, dit Loretta en claquant des doigts. Le nabot, ou le nain, j'en sais rien. Ça doit être le gamin de Gwen. Tu sais, Gwen, Gwen la Coincée ?

— Vois pas, répond Iggy sans me quitter des yeux. Jamais entendu parler de Gwen.

— Ça fait rien. C'est quand même dingue. Kenny Kane. Le temps passe, hein, Ig ? Je me souviens de quand ces deux-là sont *nés* ! Ensuite, c'était quand, trois-quatre ans plus tard, peut-être, Kenny a fait son coup. Et depuis, il est à l'ombre, c'est ça ?

— C'est ça. Je connais un type qui le connaît de là-bas. Tu vas le voir, ton vieux ? il me demande avec un regard qui me fout la trouille. Donne-lui le bonjour de Iggy, O.K. ?

— A mon avis, il le connaît même pas, son père, Ig. Il était tout gamin quand c'est arrivé. Pas vrai ?

Je réponds pas. Freak me regarde comme s'il m'avait jamais vu, et puis Iggy dit :

— Kenny le Caïd. Ça, c'était un dur de dur.

— J'ai entendu dire qu'il avait reçu la lumière, derrière les barreaux. Il a de la religion, maintenant. C'est vrai ?

— J'en sais rien.

Iggy étouffe un rire.

— Il sait pas. Tu sais pas grand-chose, toi, hein ?

Je secoue la tête.

— Il est un peu retardé, Ig, dit Loretta. Je te parie qu'il est même pas conscient de sa taille et de sa force.

Elle donne un petit coup à Iggy, ou le chatouille, et se met à parler d'une drôle de voix, on dirait qu'elle roucoule.

— Et si t'essayais, pour voir s'il est aussi costaud qu'il paraît ?

Iggy fronce les sourcils.

— Lâche-moi, Loretta.

Il me regarde encore et puis, du pouce, il montre la porte :

— Allez, les mômes, le spectacle est terminé. Dehors. Tous les deux.

— Mais, Iggy, dit Loretta, tu pourrais te marrer un peu.

— C'est toi la retardée, Loretta. Et si Kane le Caïd apprend que j'ai branché son fils ? Non merci.

— Il fait perpète, qu'est-ce que tu risques ?

— Perpète, c'est pas perpète, combien de fois faut que je te le répète ?

Loretta plisse les yeux, le regarde.

— C'est vrai ? Il va sortir un jour ?

Iggy me regarde et lui dit de la fermer.

Finalement, on arrive à la porte, et c'est à

ce moment que Loretta veut frotter la tête de Freak. Fort, avec le dessus des doigts.

— Ça porte chance, elle dit à Iggy. Ça porte bonheur de frotter la tête d'un nain.

Freak essaie d'esquiver.

— Je suis pas un nain et je porte pas bonheur.

Alors Loretta laisse tomber, et elle se redresse, croise les bras.

— Pauvre nabot, je sais tout de toi. Ton vieux était magicien, figure-toi. Tu le savais, ça ?

Freak se réfugie derrière moi, mais quand elle dit ça, je vois bien qu'il a envie de savoir si son père était vraiment magicien.

— Parfaitement, continue Loretta. Juste après ta naissance. Il devait forcément être magicien, parce que dès qu'il a entendu la formule magique « malformation congénitale », il a disparu.

Là-dessus, Iggy nous met dehors.

12

Kane le Caïd a un fiston qui a un petit pois dans le citron

Je suis bien embêté pour Freak, parce qu'il déteste que les gens lui frottent la tête pour que ça leur porte bonheur, mais je dis rien, je me contente de courir jusqu'à chez nous à grandes enjambées, et les péniches qui me servent de pieds me font même pas tomber parce que j'ai mis le pilote automatique, je suis une machine à courir.

— Wouah ! dit Freak quand on arrive chez lui. *Ça*, c'était une aventure, hein ?

— Avec un sale type comme Iggy Lee, on a eu de la chance de s'en sortir vivants.

— Tu parles, c'était rien que de l'esbroufe, son histoire.

Ben voyons ! La vérité, c'est que j'ai eu la trouille tout le temps qu'on était là-bas, et Freak aussi, même s'il refuse de l'admettre maintenant.

— C'était vrai, ce qu'il a dit sur mon père,

il reprend en examinant ses ongles, l'air détaché. La Douce Gwen ne veut jamais en parler. Tout ce qu'elle dit, c'est : « Ton père a pris sa décision, j'ai pris la mienne. » Mais je sais qu'il est parti à cause de moi. Et tu sais quoi ?

— Quoi ?

— Bon débarras. Il valait pas tripette.

Je sais pas pourquoi, mais ce dernier commentaire me fait rigoler. Sa façon de le dire, peut-être, ou peut-être que c'est l'accumulation de stress après ce qu'on vient de vivre. Le fait est que je me roule par terre comme un tordu tellement je me gondole, et Freak va et vient en disant des trucs comme : « Loretta ma reine, daigneras-tu m'accepter en épousailles ? » et : « Monseigneur Iggy, nous ferez-vous l'insigne honneur de vous embrocher sur votre propre épée ? » Et je rigole tellement que j'arrive plus à respirer.

Ensuite, tout rentre à peu près dans l'ordre. Y a une chose dont on parle pas, quand même, c'est de mon père, ce bon vieux Kane le Caïd. Ce qui est tout aussi bien, en ce qui me concerne.

La rentrée.

Depuis à peu près une semaine, chaque fois que j'entends ce mot, j'ai l'impression qu'on me pique avec une aiguille. Gram essaie de me faire croire qu'elle est toute contente à l'idée qu'enfin je passe dans la classe supérieure, comme si c'était l'affaire du siècle. Alors qu'en fait c'est tout du pipeau, parce que la seule raison de mon passage, c'est que les profs se sont dit, c'est le seul moyen de se débarrasser du grand benêt et de le coller à quelqu'un d'autre — Maxwell Kane, on a déjà donné, merci.

Gram m'emmène au centre commercial pour acheter des vêtements neufs, ce qui est en gros aussi drôle que d'aller chez le dentiste, encore que chez le dentiste, au moins, on est assis dans un fauteuil et la porte est fermée, tandis qu'au centre commercial c'est le genre bonjour tout le monde, me voilà, regardez-moi bien.

Au magasin de chaussures, la fille nous accueille avec un sourire affecté.

— Du 51 grande largeur ? Ça existe, des chaussures de cette taille ?

— Je suis sûre que oui, répond Gram. Allez demander à votre chef.

Et puis elle me regarde et dit :

— Maxwell, il ne s'agit pas d'une opération à cœur ouvert, alors je t'en prie, pour me faire plaisir, arrête de prendre cet air de condamné à mort et essaie d'être poli.

C'est ça. Le chef arrive, avec des chaussures de jogging de marque X, et veut m'aider à enlever mes pompes, comme s'il était certain que je pouvais pas le faire tout seul, mais je lui balance un de mes regards et il me laisse faire.

— Tu aurais pu les lacer, tout de même, dit Gram pendant que je fais le tour du magasin avec les chaussures neuves, qui font *scouish-scouish*.

— C'est la mode, dit l'autre avec un petit

rire entendu. En fait, elles sont faites pour ça. Il n'y a pas besoin de les lacer.

Juste pour lui mettre le nez dans sa connerie, je noue mes lacets, et ça fait plaisir à Gram. C'est drôle, d'ailleurs, comme il lui en faut peu pour être contente. Le plus dur, c'est qu'on sait jamais ce qui va lui faire plaisir, jusqu'à ce qu'on le fasse. Trapu, hein ?

Enfin, on s'échappe du centre commercial, et j'ai assez de vêtements neufs pour, comme dit Grim, une ou deux semaines.

— Tu pourrais te contenter de rallonger ses poignets de chemise, dit Grim. Si seulement il y avait encore des poignets aux chemises.

— Je trouve qu'il a belle allure, dit Gram. Tourne-toi, Maxwell, s'il te plaît. Et rentre-moi ce pan de chemise.

— Laisse-le tranquille, soupire Grim. Ce n'est pas un top model.

— Je n'arrive pas à m'y faire. Notre petit Maxwell grandit.

— Grandit, c'est le mot, en effet. Je dirais même qu'il agrandit ses propriétés.

Ce qui a été décidé, c'est que Freak et moi on serait dans la même classe. Il a demandé à la Douce Gwen d'aller voir les profs parce que j'étais pas censé être dans la classe des bons, ça non, et finalement, ils étaient tous d'accord pour dire que ce serait bien pour Freak d'avoir quelqu'un qui puisse l'aider à changer de salle entre les cours.

On dirait que ça la tracasse, Gram, cette histoire, et elle veut pas signer les papiers, comme si les classes d'enseignement spécialisé avaient fait de moi un génie et que passer dans la classe des bons risquait de me faire régresser. Mais un soir, je monte les escaliers de ma chambre sans faire de bruit et j'entends Grim qui dit :

— On n'a qu'à essayer, rien n'a marché jusqu'à présent, peut-être que ce dont il a besoin, c'est d'un ami, et c'est la seule chose qu'il n'ait jamais eue, avec tous ces professeurs spécialisés.

Le lendemain, Gram signe les papiers, et le jour de la rentrée, quand on arrive au bahut, Freak m'aide à chercher mon nom sur la liste, et c'est vrai, on est tous les deux dans la même classe.

Au début, les autres élèves sont trop occupés à montrer qu'ils sont branchés et à frimer avec leurs nouvelles fringues, ils nous remarquent à peine, Freak et moi. Je le porte sur mes épaules et nos bureaux sont toujours à côté l'un de l'autre. Mais ça dure pas. Quand on sort du cours de maths, où on a surtout distribué les manuels et écrit quelques chiffres au tableau, on entend les chuchotements dans les couloirs.

Du genre : « Hé, c'est qui, le nabot ? » ou : « Tiens, voilà Mad Max » et : « Excuse, mais c'est à gerber », « Regarde ce qui s'est échappé du musée des horreurs », « Beuhhh, c'est dégoûtant. »

— Maxwell Kane ?

Ça, c'est Mme Donelli, la prof d'anglais. Elle est nouvelle, et quand je lève mon crayon, elle me dit :

— Maxwell, veux-tu te lever, s'il te plaît, et raconter à toute la classe ce que tu as fait pendant l'été ?

Si elle était pas nouvelle, elle aurait demandé ça à quelqu'un d'autre, parce que me lever en classe et raconter des trucs, c'est pas dans mes habitudes.

— Maxwell, elle répète. Quelque chose ne va pas ?

Là, il y a déjà beaucoup de bruit dans la salle, et certains élèves crient des trucs du genre :

— Laissez tomber, madame Donelli, il a une araignée au plafond !

— Demandez-lui de compter, il tapera du pied par terre !

— Max la Menace, rien ne repousse où son père passe !

— Kane le Caïd a un fiston qu'a un petit pois dans le citron !

Mme Donelli a l'air de quelqu'un qui a marché dans un truc et arrive pas à nettoyer sa godasse. Ça crie et ça chante dans tous les coins, et assez vite, il y en a même qui nous balancent des crayons, des gommes, du papier chiffonné. Mme Donelli est complètement dépassée par les événements, la classe est déchaînée.

Alors Freak grimpe debout sur son bureau, ce qui le met à hauteur normale, et il se met à crier :

— Silence ! Silence dans la salle ! Que la justice soit entendue !

Je sais pas pourquoi, peut-être parce qu'il a

vraiment l'air féroce avec sa mâchoire en avant, ses petits poings serrés et ses petits pieds tordus qui tapent sur le bureau, mais tout le monde se tait et il règne un silence étrange.

— Tu es sans doute Kevin, dit enfin Mme Donelli.

Freak garde son air féroce et lui rétorque :

— Parfois, oui.

— Parfois ? Que veux-tu dire par là ?

— Je veux dire que parfois, je suis *plus* que Kevin.

— Ah ! dit Mme Donelli.

On voit bien qu'elle pige que dalle à ce qu'il raconte, mais elle pense qu'il est important de le laisser parler.

— Alors, Kevin, peux-tu nous donner un exemple ?

L'instant d'après, Freak pose les mains sur ma tête, se hisse sur mes épaules et me tire un peu les cheveux, ce qui veut dire « Lève-toi », alors je me lève, en plein milieu de la classe, et je vois les yeux de Mme Donelli s'arrondir comme des soucoupes.

Je suis là, debout, avec Freak au-dessus, et je me sens à ma place, tout à coup. Je me sens fort, et intelligent.

— Qu'est-ce que vous en dites, de mon exemple ? dit Freak. Parfois, nous mesurons deux mètres soixante et nous sommes assez forts pour traverser les murs. Parfois nous nous battons contre des bandes de voyous. Parfois nous découvrons des trésors. Parfois nous tuons des dragons et nous trempons nos lèvres dans le Saint-Graal !

Mme Donelli recule jusqu'à son bureau en disant :

— Eh bien, c'est très intéressant tout ça, je suis sûre, mais pourriez-vous vous asseoir, tous les deux ?

Mais Freak, là-haut, il joue au jockey, et moi je suis le cheval. Il me dirige à travers la classe, entre les tables, un peu crâneur. Il a un poing en l'air et lance à la ronde :

— Freak le Vaillant ! Freak le Vaillant !

Et assez vite, les autres élèves reprennent en chœur Freak le Vaillant ! Freak le Vaillant ! Freak le Vaillant ! Freak le Vaillant ! et pourtant ils ont pas la moindre idée de ce que ça veut dire.

Moi, je me tiens bien droit, aussi grand que possible, et j'avance exactement comme il me le demande, gauche, droite, avant, arrière. Dans ma tête, ça fait comme une musique, j'ai même pas à réfléchir, je le fais, et tous les élèves scandent notre nom, Mme Donelli perd pied, ça se voit, elle s'est plus ou moins réfugiée derrière son bureau.

Toute la classe lève le poing et scande Freak le Vaillant ! Freak le Vaillant ! Freak le Vaillant !

J'arrive pas à expliquer pourquoi, mais c'est vraiment d'enfer.

Enfin bon, c'est comme ça que Freak et moi on se retrouve chez la principale.

Mme Addison, la principale, nous regarde

un long moment quand elle nous voit à la porte de son bureau, et puis elle demande :

— De quoi s'agit-il exactement ?

— J'ai peur qu'il n'y ait eu un léger malentendu, dit Freak. Si vous voulez bien avoir la bonté de me laisser vous expliquer.

Mme Addison est une femme noire qu'a pas l'air d'aimer la plaisanterie. Elle a les cheveux gris toujours coiffés en chignon et porte des tailleurs qui lui donnent l'air de travailler dans une banque ou un endroit comme ça. Elle a un drôle de petit sourire, comme si elle suçait du citron qui devient sucré tout d'un coup.

— Mais bien entendu. Je vous écoute. Soyez convaincant.

Je me souviens pas exactement de ce qu'a dit Freak, sauf qu'il a utilisé tellement de mots savants qu'elle a pas arrêté de mettre le nez dans son dictionnaire, mais elle a eu l'air de trouver ça amusant. Enfin bref, le plus important, c'est que quoi qu'il ait dit, elle l'a gobé.

13

Chop suey à l'américaine

J'ai longtemps cru que toutes ces histoires bizarres à propos du vendredi 13, c'était que des balivernes. Mais cette année, je commence à avoir une petite idée de ce qui peut arriver. On est en octobre, et jusque-là les choses se sont plutôt bien passées, je m'attendais à bien pire. Freak et moi on ne forme qu'un, et même Mme Donelli dit qu'elle commence à s'habituer à nous, ce qui est une façon comme une autre de reconnaître que Freak est au moins deux fois plus intelligent qu'elle et qu'en tout cas il a lu plus de livres.

Elle arrête pas de dire des trucs du genre :

— Kevin, nous savons que tu connais la réponse, parce que tu la connais toujours. Alors pourquoi ne pas laisser quelqu'un d'autre répondre, de temps en temps ? Ton ami Maxwell, par exemple.

— Il connaît la réponse, madame Donelli, dit Freak.

— Oui, Kevin, je suis sûre que tu as raison, parce que tu as toujours raison, mais j'aimerais vraiment que ce soit Maxwell qui réponde. Maxwell ? Maxwell Kane ?

Ça, c'est tout ce qu'il y a de plus débile, qu'est-ce que ça change, puisque je connais la réponse ? Quand je la connais pas, Freak me la dit, et toujours de manière que je comprenne, ce qui est bien mieux que ce que peut faire Mme Donelli. Donc, moi, je me contente de hausser les épaules en souriant, et d'attendre, parce que je sais qu'elle va finir par se lasser et demander à quelqu'un d'autre. En fait, je connais vraiment la réponse — Johnny Tremain s'énerve et devient agressif parce qu'il s'est bêtement brûlé la main — et si je le sais, c'est parce que Freak m'a montré comment lire un livre en entier, et je sais pas trop pourquoi, mais je comprends tout alors qu'avant c'était qu'un tas de mots dont je me fichais éperdument.

M. Meehan, qui s'occupe de moi pour la lecture, m'a dit un truc du genre :

— Max, les tests ont toujours montré que tu n'étais ni dyslexique ni retardé, et ça, ça le prouve bien. Mon opinion à moi, tu la connais, c'est que tu as toujours été flemmard et têtu et que tu ne *voulais* pas apprendre. Alors si la fréquentation de Kevin te fait changer d'attitude et améliore tes résultats, c'est très bien. Continue dans cette voie-là.

M. Meehan a parlé à Mme Donelli, qui a fini par renoncer à me faire participer en classe. A la place, elle attend jusqu'à l'étude et là, elle me pose les mêmes questions, mais à moi tout seul, et je lui donne les réponses. N'empêche, elle comprend toujours pas, et me demande tout le temps :

— Mais, Maxwell, puisque tu peux me parler, tu peux parler à tes camarades, non ?

Pas du tout. Ça n'a rien à voir. C'est difficile à expliquer, mais dès qu'il y a plus d'une ou deux personnes, j'arrive plus à dire un mot, alors quand il y a toute une classe, c'est même pas la peine d'en parler.

— Bon, tu as du mal à t'exprimer en public, d'accord. Mais pourquoi te bloques-tu aussi quand il s'agit d'écrire les réponses ? Si tu peux lire, tu peux écrire, non ?

Pas du tout *(bis)*. Pour lire, Freak m'a montré que les mots, finalement, c'était que des voix sur du papier. Les écrire, c'est autre chose. Freak peut dire tout ce qu'il veut, écrire les mots, c'est pas comme parler. Mes mains m'encombrent, elles sont maladroites, le stylo me fait l'effet d'un spaghetti ou d'un machin tout mou, il glisse tout le temps.

Mme Donelli dit très bien, ça suffit pour l'instant, je sais lire, c'est déjà bien, mais il va falloir qu'on travaille le problème de l'écriture, hein, Maxwell ? Je hoche la tête et je regarde ailleurs, parce que au fond de moi je me dis laisse tomber, t'y arriveras jamais.

Comme dit Freak, lire, c'est juste une autre façon d'écouter, et moi, j'ai toujours su écouter. Mais écrire, c'est comme parler, et ça, c'est au-dessus de mes moyens.

Enfin bref, vendredi 13, on est en étude quand arrive un mot :

Maxwell Kane, la principale vous attend dans son bureau

Gloups.

Freak et moi on se lève pour y aller, mais le prof qui surveille l'étude nous fait :

— Non, Kevin, tu restes là. Mme Addison a bien précisé qu'elle voulait voir Maxwell tout seul.

Freak s'apprête à lui rabattre son caquet, puis il se ravise, me donne un coup de coude et chuchote :

— Contente-toi de leur donner ton nom, ton grade et ton numéro d'immatriculation. Nie tout. Si tu n'es pas rentré à dix heures, nous organiserons une mission de recherche et de sauvetage.

Il me propose de me prêter son dictionnaire, au cas où je voudrais essayer quelques mots savants sur Mme Addison, mais je suis déjà tellement inquiet à l'idée d'y aller tout seul, je pense qu'à une chose : ils vont me remettre en classe de perfectionnement, avec les élèves en difficulté. J'ai déjà décidé de m'enfuir s'ils me font ça, je partirai vivre dans les bois et j'en sortirai de temps en temps pour faire peur aux gens. Enfin bon, je prends pas le dico de Freak parce que mes mains tremblent et je risque de le laisser tomber, ou Mme Addison pourrait me demander un mot et moi j'oublierais comment on cherche et je lui prouverais que je suis un pauvre nul.

Mme Addison m'attend à la porte de son

bureau, comme d'habitude, et elle essaie de sourire, mais c'est pas son genre, et je vois bien qu'on n'est pas là pour rigoler.

Peut-être que quelqu'un est mort.

— Gram ! je m'écrie. Est-ce que Gram va bien ?

— Mais oui, tout le monde va bien. Entre et assieds-toi, Maxwell. Et, s'il te plaît, essaie de te détendre.

Facile à dire.

Mme Addison est assise dans son grand fauteuil, elle regarde le plafond, puis le sol, puis ses mains, et finalement, elle tombe sur moi.

— C'est assez difficile à expliquer, Maxwell. Je ne sais pas par où commencer. D'abord, je voudrais te dire que nous sommes tous très heureux de voir que tu fais beaucoup de progrès. C'est presque miraculeux, et cela me conforte dans l'idée que tu as toujours eu le niveau de lecture qui correspondait à ton âge, mais que, pour une raison que j'ignore, tu ne voulais pas que cela se sache.

J'entends pas vraiment ce qu'elle me raconte parce que dans la poitrine j'ai un petit oiseau affolé qui volette dans tous les sens et qui me fait dire tout à coup :

— Vous me remettez en classe de perfectionnement, c'est ça ?

Mme Addison s'approche et me tapote l'épaule. Je vois bien que ça la rend nerveuse de me toucher, mais elle le fait quand même, et puis elle dit :

— Non, non. Ça n'a rien à voir avec ça,

Maxwell. Rien à voir avec ta scolarité. Il s'agit d'une question personnelle.

— Parce que si vous me remettez en classe de perfectionnement, j'irai pas. Je m'enfuirai. Je vous jure que je m'enfuirai.

— Maxwell, il ne s'agit pas de tes résultats, et il ne s'agit pas de ton niveau scolaire. Il s'agit de ton... hum... père.

Mon... hum... père. Tout à coup, je rêve d'être là parce que j'ai fait une bêtise et que Mme Addison va me mettre des heures de colle.

Elle prend sa respiration, croise les mains, on dirait qu'elle fait sa prière.

— Une demande m'a été transmise par la commission de libération conditionnelle. Une demande de ton père. Maxwell, ton père voudrait savoir si...

— Non !

Je me lève d'un coup et je mets mes mains sur mes oreilles, je serre très fort.

— Je veux pas le savoir ! Je veux pas le savoir ! Je veux pas le savoir !

Quand on pète les plombs dans le bureau de la principale, elle appelle l'infirmière. Et les voilà toutes les deux qui essaient de me prendre dans leurs bras et de me calmer, et j'ai l'impression d'être retourné à la maternelle.

— Maxwell ? dit Mme Addison en essayant de me faire enlever mes mains de mes oreilles. Maxwell, je t'en prie, n'y pense plus, d'accord ? Oublie tout ce que j'ai dit. Personne ne t'oblige à faire quoi que ce soit si tu n'en as pas envie, d'accord ? Je ferai en sorte qu'on ne te force jamais, je te le promets. Je te le jure sur mon honneur, il ne peut t'obliger à rien. Je vais expliquer cela très clairement à la commission de libération conditionnelle et à son avocat. Très, très clairement.

Finalement, j'enlève mes mains de mes oreilles ; de toute façon, ça marchait pas vraiment, j'ai entendu tout ce qu'elle m'a dit et, surprise ! je réalise que je suis accroupi dans un coin du bureau, et je me souviens même pas comment je suis arrivé là.

C'est comme si j'avais perdu conscience. L'infirmière m'apporte à boire, et le plus bizarre, c'est qu'elle pleure.

— Excusez-moi, je lui dis. Je voulais pas vous faire mal.

— Tu ne m'as pas fait mal. J'ai la larme facile, ne t'inquiète pas.

Mais je m'inquiète quand même, parce que si elle pleure, c'est que j'ai dû lui mettre un pain, et je m'en souviens pas. Ce qui, quand on y pense, est *vraiment* effrayant. Qui sait ce que je pourrais faire sans m'en souvenir ensuite ?

Le pire vient un peu plus tard, à la cantine.

Freak et le chop suey à l'américaine, c'est toute une histoire. Il *adore* ça. Et plus il y a de sauce, mieux c'est. C'est incroyable ce qu'un petit bonhomme comme ça peut avaler. Quand il tend son assiette, il dit toujours :

— S'il vous plaît, monseigneur, encore du gruau.

Et moi je réponds toujours :

— C'est du chop suey à l'américaine, pas du gruau. J'ai cherché « gruau » dans le dico, tu te souviens ?

Alors il prend un air implorant.

— Je vous en prie, monseigneur, encore du gruau !

Et je finis par me lever pour aller lui chercher du rabe de chop suey.

Là, quand je reviens, quelque chose ne tourne pas rond. Freak est tout rouge, enflé, et il fait un drôle de bruit, *kof-kof-kof*. Il peut pas parler, tout ce qu'il peut faire, c'est me regarder et essayer de me dire un truc avec les yeux, et moi je pars chercher l'infirmière en courant.

— Vite ! Il peut plus respirer ! Il peut plus respirer !

Elle court aussi vite que moi et crie que quelqu'un appelle une ambulance.

Dans la cantine, Freak devient violet. L'infirmière l'attrape, lui fourre un truc en plastique dans la bouche. Il a les yeux fermés et les pieds qui donnent des coups dans tous les sens.

Moi, je sais pas quoi faire, alors je fais des petits sauts sur place et je vire ceux qui s'approchent trop près, et puis de violet, Freak passe à rose, et il se remet à respirer normalement.

A ce moment-là, l'ambulance arrive — j'ai

même pas entendu la sirène —, et Freak essaie de parler. Il a la voix cassée.

— Je vais bien, il dit pendant qu'ils l'installent sur le brancard. Je vais bien, vraiment, je veux rentrer chez moi.

Mais la règle, c'est que quand on appelle une ambulance, après, on va obligatoirement à l'hôpital, pour des examens, c'est comme ça. J'essaie de monter dans l'ambulance avec lui, mais ils veulent pas. Finalement, Mme Addison est obligée de venir me tenir jusqu'à ce que l'ambulance s'en aille, avec juste le gyrophare, et pas la sirène.

— Quelle rude journée tu as eue, hein ! elle me dit en me raccompagnant à l'intérieur du lycée.

— C'est pas moi qui ai eu une rude journée, c'est Kevin. Tout ce qu'il faisait, c'était essayer d'avaler son déjeuner.

Mme Addison me regarde.

— Tu vas t'en sortir, Maxwell Kane. J'en suis certaine, maintenant.

Elle est sympa, pour une principale, mais je sais pas pourquoi elle veut pas comprendre que c'est pas moi qui ai eu un vendredi 13 carrément galère.

Et je le jure sur le dictionnaire, si Freak essaie de remanger du chop suey à l'américaine, je lui renverse son assiette sur la tête.

14

Croix de bois, croix de fer

Le lendemain, Gram est d'accord pour que j'aille pas en cours, parce que Freak sort de l'hôpital, et j'attends sur le perron quand la Douce Gwen gare sa voiture devant chez eux. Freak est assis à l'arrière, on le voit à peine, et il a le sourire jusqu'aux oreilles, ce qui me fait penser que tout va bien se passer, comme disent les gens depuis hier.

— Je peux le porter à l'intérieur ?

— Bien sûr, me dit la Douce Gwen. Il doit se reposer. Je ne veux pas le voir dehors, c'est compris ?

Dans sa chambre, Freak se met à me donner des ordres, apporte-moi ci, fais ça, jamais on croirait qu'il a été malade.

— Un incident mineur, il me dit. Aisément réparé par intervention biogénique.

— Tu veux dire le truc de robot ?

— Chuuuut ! La Douce Gwen ne doit pas

entendre parler du plan. Rien que l'idée, ça lui fait peur.

— Ben c'est plutôt effrayant, non, une opération qui vous donne un corps tout neuf ?

— Je n'ai pas peur. Et j'ai hâte qu'on m'opère.

— C'est pour quand ?

— Je sais pas, il me dit avec le regard un peu vague. Le Dr Spivak, la dame qui s'occupe de moi, dit peut-être dans un an ou deux.

— Mais pourquoi t'as besoin d'un nouveau corps ? Tu peux pas rester comme tu es ?

Freak secoue la tête. Je sais, je suis pas assez intelligent pour comprendre.

— Personne ne reste comme il est, il m'explique. Tout le monde change. Mon problème, c'est que je grandis de l'intérieur, mais pas de l'extérieur.

Et puis il veut plus en parler, ce qui me va. En deux jours, tout rentre dans l'ordre, on retourne en cours. Et tout se passe très bien jusqu'aux vacances de Noël. Là, le ciel nous tombe sur la tête.

Je suis dans mon terrier, occupé à essayer de faire tenir un foutu papier autour des foutus cadeaux que j'ai préparés pour Gram et Grim, quand j'entends des hurlements qui viennent de là-haut.

Ce qu'il faut savoir, c'est que Grim ne crie *jamais* sur Gram. En tout cas, je l'ai jamais entendu, et Gram, le pire qu'elle puisse faire, quand elle est vraiment en colère, c'est pleurer. Mais quelqu'un hurle, là-haut, c'est certain, alors je monte discrètement les escaliers, et j'ai même pas besoin de coller mon oreille à la porte tellement ça crie fort.

— Jamais, tu m'entends ? JAMAIS ! Plutôt mourir.

C'est Gram qui crie, d'une grosse voix pleine de larmes. Grim est loin de faire autant de bruit, et j'ouvre la porte un chouïa pour essayer d'entendre pourquoi elle fait une aussi grosse colère.

— J'ai des obligations, il dit. Un homme doit protéger sa famille.

— Pas avec une arme à feu ! s'écrie Gram. Pas dans cette maison ! Je m'y oppose ! Mais comment ont-ils pu nous faire ça ! Comment ont-ils osé !

— Il les a embobinés. Comme il a embobiné Annie. Comme il nous a embobinés nous à l'époque. Mais cette fois, c'est terminé, il ne nous aura pas deux fois. S'il remet un pied dans cette maison, je lui tire dessus.

— Pas d'arme à feu ici. Tu n'y connais rien, d'abord, à ces engins.

— Bien sûr que j'y connais quelque chose. J'ai fait l'armée, non ?

— C'était il y a trente ans ! Je sais ce qui va arriver, tu crois que je n'y ai pas pensé, ces huit dernières années ? Il va venir, te prendra le pistolet, et ensuite, c'est *lui* qui tirera.

De mon côté, j'ai compris de qui il s'agit, et je suppose que toi aussi. Qui d'autre que *lui* ? Kane le Caïd, mon père.

— Peut-être qu'ils ne le laisseront pas sortir, dit Gram. Ou alors, ils nous protégeront.

— Ben voyons ! Comme ils ont protégé Annie.

Et c'est parti, voilà Gram qui pleure, et je devine que Grim essaie de la consoler.

— Allons, allons, ma chérie. Je sais. Allons, allons.

Un peu plus tard, j'entends un craquement dans les escaliers. C'est Grim ; il vient frapper à ma porte.

— Entre.

Il entre et, pour une fois, il ne dit pas que ma chambre est un trou à rat ou que ça sent le vestiaire après un match parce que j'ai oublié de mettre mes chaussettes au sale. Il s'assied au bord de mon lit et croise les mains. Je pense jamais que c'est un vieil homme, parce qu'il se comporte jamais comme un vieux, mais ce soir, il est tout blanc, et courbé, et sa peau est fripée. Il a au moins mille ans.

— Je pense que tu as entendu tout le vacarme, là-haut. Ta grand-mère est bouleversée, la pauvre. Elle ne supporte pas l'idée de violence. C'est difficile de lui en vouloir.

— Il s'est évadé ? C'est ça ?

Grim secoue la tête.

— Il va être mis en libération conditionnelle.

— C'est débile. C'est trop débile.

— Tu as trouvé le mot juste, fiston. Ce que j'ai fait, autant que tu le saches, c'est que je suis allé au tribunal pour qu'on lui interdise d'approcher à moins de mille cinq cents mètres de la maison. S'il essaie de venir ici, ils le renverront en prison, le juge me l'a promis.

— Peut-être que tu devrais acheter un pistolet.

Grim répond pas tout de suite.

— Peut-être. Ou peut-être pas. Je ne peux pas en parler à ta grand-mère, et l'idée de lui mentir me brise le cœur. Nous ne nous sommes jamais menti, tu sais.

— Je te cafterai pas.

Il reste un moment sans rien dire, et puis il se lève et, d'une voix très, très lasse, et vieille, il soupire :

— Tout va bien se passer, Max. Je vais faire en sorte qu'il n'arrive rien. Mais ces prochains jours, j'aimerais que tu restes à la maison. Tu me le promets ?

— Croix de bois, croix de fer. Si je mens, je vais en enfer.

15

Ce que j'ai trouvé dans mes petits souliers

Le soir de Noël, tout est très calme. On entendrait péter une souris, dit Freak. Plaisanterie idiote, mais qui fait quand même sourire Gram.

Freak et la Douce Gwen dînent chez nous, et on essaie tous de faire comme si de rien n'était. Personne ne dit un mot à propos de Kane le Caïd qui doit sortir de prison. La Douce Gwen porte un chemisier de soie rouge foncé et une longue jupe noire qui touche presque par terre. Sa taille est si fine, elle ressemble à une de ces décorations de Noël qui tintinnabulent quand les branches du sapin bougent.

Freak est sur son trente et un aussi, il a mis une veste en tweed avec des renforts aux coudes et Grim dit qu'il ne lui manque plus qu'une pipe pour avoir l'air d'un professeur.

— Pas de tabac, répond Freak. La nicotine n'est qu'une perte de temps toxique.

— Rien que la pipe, insiste Grim. Tu n'es pas obligé de la fumer.

— Ne lui donne pas de mauvaises idées, dit Gram. Maxwell, passe-moi la sauce à la menthe.

La sauce à la menthe, c'est une des spécialités de Gram, et c'est dingue comme ça améliore le goût de n'importe quel plat, c'est pour ça que je l'ai toujours à portée de main. De toute façon, le repas est excellent, là-dessus, Gram est imbattable, en particulier pour les fêtes carillonnées et les anniversaires. On mange à se faire éclater la panse, mais la Douce Gwen fait attention que Freak ne mange pas trop vite.

— Vous allez croire que je le rationne, elle dit.

— S'il vous plaît, monseigneur, encore du gruau, demande Freak en tendant son assiette.

Il fait une grimace marrante en sortant sa langue sur le côté, et Gram rigole tellement fort qu'elle est prise d'une quinte de toux. Du coup, on se tait tous.

Après le repas, on traîne un peu, comme chaque fois, on admire le sapin et on se dit qu'on a drôlement de la veine d'avoir un toit, et Grim se met à raconter les vieilles histoires de quand il était enfant et que dans ses petits souliers il y avait des morceaux de charbon.

— Ceux qui avaient de la chance y trouvaient un trognon de pomme, ou quelques épluchures d'orange.

— Allons, Arthur, dit Gram, tu n'as jamais reçu de morceau de charbon pour Noël.

— C'est vrai. Nous n'avions même pas de charbon, tu te rends compte ? Mon père n'avait pas les moyens d'acheter du charbon, alors il écrivait le mot « charbon » sur un bout de papier et le glissait dans nos souliers, et nous, nous faisions semblant de croire que c'était un vrai morceau de charbon. C'est te dire si on était pauvres.

La Douce Gwen rit sous cape en secouant la tête.

— Comment peux-tu nous débiter un tel chapelet de mensonges un soir de Noël ? demande Gram.

— Je raconte des histoires, ma chère, pas des mensonges. Les mensonges, c'est mal. Les histoires, ça distrait.

Donc on est assis tous ensemble, bien polis, et on écoute Grim inventer des trucs que personne ne croirait jamais, et puis on prend une tasse de chocolat chaud et on pioche dans la boîte de bonbons, et puis c'est le moment de s'offrir les cadeaux.

Gram a une règle selon laquelle on ouvre un cadeau le soir de Noël et on garde les autres pour le lendemain matin. Mine de rien, c'est difficile de choisir lequel ouvrir en premier. C'est toujours Grim qui commence, parce que, comme il dit, il est encore un enfant dans l'âme et il aime pas attendre.

De Gram, il reçoit un pull en laine qui se boutonne devant, et il fait celui qui est surpris, même s'il en a déjà au moins cent des comme ça. Ensuite, Gram ouvre le cadeau que je lui ai offert, c'est un bracelet fait avec des coquillages ramassés sur les plages du monde entier. Elle le met aussi sec et déclare que c'est exactement ce qu'elle voulait. C'est du Gram tout craché, ça — tu lui donnerais une vieille canette de bière, elle prendrait l'air ravi et dirait que c'est exactement ce qu'elle voulait.

Puis c'est au tour de Freak, qui ouvre le cadeau que je lui ai fait. Avant même d'avoir enlevé tout le papier, il dit « Cool » en pointant ses deux pouces vers le haut. C'est un bidule qui ressemble à un couteau de poche, mais en fait, c'est un tas de petits tournevis et clés divers, il y a même une loupe. Je suis sûr que Freak peut inventer des trucs avec ça s'il en a envie.

Gram offre à la Douce Gwen une écharpe assortie à son chemisier, et tout le monde fait ooooh et aaaaah, et finalement, je choisis un cadeau à ouvrir. On voit tout de suite que c'est Freak qui l'a fabriqué parce que la boîte est pas carrée, elle a plutôt une forme de pyramide, et puis au lieu d'utiliser du papier-cadeau normal, il a pris les bandes dessinées du journal du dimanche qu'il a scotchées tout autour, et ça me rend dingue d'essayer de deviner ce qui peut bien tenir dans une boîte de cette forme.

Freak a l'air aussi excité que moi, même s'il sait déjà ce qu'il y a à l'intérieur.

— Commence par enlever tout le papier, il me dit. Il faut l'ouvrir d'une certaine manière.

En faisant très attention, je décolle les feuilles de journal les unes après les autres, et je découvre que c'est pas une boîte en forme de pyramide qu'il a achetée. Il l'a *faite*. On voit tous les morceaux de carton qu'il a découpés et scotchés. Sur les côtés, il y a des petits signes et des flèches.

— Suis les flèches, il me dit.

Les flèches pointent dans tous les sens. Je tourne et retourne la pyramide jusqu'à ce que j'arrive enfin à un signe qui dit :

Appuie ici et sois étonné.

— Vas-y, dit Freak. C'est pas une bombe, idiot, ça va pas te sauter à la figure.

J'appuie et, tout à coup, les quatre côtés s'ouvrent en même temps. Je regarde à l'intérieur de la pyramide et, comme l'avait prévu Freak, je suis étonné.

— Ce jeune homme est un génie, dit Grim. Et je pèse mes mots.

Sur ce point, il a raison. Freak a tout goupillé avec des élastiques et des trombones pour que ça s'ouvre d'un seul coup. A l'intérieur, il y a un petit socle, et sur le socle, il y a un livre. Mais pas un livre normal, qu'on peut acheter au magasin. Un livre qu'il a fait lui-même, ça se voit tout de suite. Il a l'air tellement unique que j'ai peur de le toucher et de l'abîmer.

— J'ai noté tous les mots que je préfère, m'explique Freak, et je les ai classés par ordre alphabétique.

— Comme un dictionnaire ?

— Exactement. Mais différent, parce que c'est *mon* dictionnaire. Vas-y, regarde.

J'ouvre le livre, les pages sentent l'encre de stylo-bille. Ça commence par A, comme un dictionnaire normal, mais, comme dit Freak, c'est différent.

A

ABAQUE : ordinateur actionné par les doigts.

ABRACADABRA : formule magique démodée et peu fiable.

ABSCISSE : vérité horizontale.

ARGH : cri du magicien quand il s'aperçoit que la formule ci-dessus a transformé sa chouette en yorkshire-terrier.

— T'es pas obligé de tout lire ce soir, dit Freak. Gardes-en pour demain. Mais il faut que je te dise tout de même, tu vas délirer quand t'auras vu ce que j'ai fait avec le Z.

Ce dictionnaire, c'est le top du top. Le reste, c'est un petit plus.

Je me dis qu'il va me falloir des plombes pour m'endormir, tellement ça se bouscule dans ma tête. Grim et son morceau de charbon écrit sur un papier, la pyramide avec le livre unique à l'intérieur, et les énormes flocons de neige qui tombent quand la Douce Gwen part en remorquant Freak dans son petit chariot rouge, Freak qui fait semblant de la commander en disant : « Hue, Bijou ! Hue, Flamme ! Hue, Guenièvre ! », et elle qui lui dit de se taire sinon elle le laisse dehors jusqu'à ce qu'il se transforme en bonhomme de neige.

Ça doit être pour ça que je rêve d'un petit bonhomme de neige qui lui ressemble, et qu'arrête pas de dire « Cool, cool ». Et quand je me réveille, je sens un courant d'air froid dans ma chambre. C'est bizarre, parce que d'habitude, il fait toujours chaud, avec la chaudière juste à côté.

Il me semble que j'entends le vent qui souffle dans ma chambre.

Sauf que c'est pas le vent.

C'est quelqu'un qui respire.

Quelqu'un qui est debout, plus sombre que l'obscurité, aussi grand que la pièce, et qui plaque une main sur ma figure.

— Ne dis rien, mon garçon, il murmure. Pas un bruit.

J'essaie de me recroqueviller dans mon lit, mais la main est si dure, si forte, que je peux pas bouger. Je sens que mon cœur s'est arrêté de battre et j'attends de voir ce qui va arriver.

— Je suis revenu, il dit. Comme je l'avais promis.

16

Du même moule

Une fois, à la télé, un type a hypnotisé un homard. Tu l'as vu, peut-être. Il touche le homard, et l'autre s'immobilise aussitôt, il peut plus bouger. C'est un peu ce qui m'arrive quand ses mains se plaquent sur ma bouche. J'ai l'impression d'être paralysé, ma tête est vide, et il reste plus rien au monde que cette grosse main et cette respiration froide comme le vent.

— Alors, c'est là qu'ils t'ont collé, les vieux chnoques ? il murmure. Dans le sous-sol ; loin des yeux, loin du cœur ?

Je vois toujours pas son visage, je vois qu'une énorme silhouette dans le noir.

— Tout va changer, à partir de maintenant. Il est temps que je fasse connaissance avec mon propre fils, qu'on a monté contre moi.

Il me force à m'asseoir et me fait signe de pas l'ouvrir. Mais c'est bien la dernière chose que j'aie envie de faire, parce que je sais pas si Grim a finalement acheté un pistolet, ni ce qui risquerait de lui arriver au cas où il s'en servirait. L'angoisse de Gram à propos de Grim se faisant tirer dessus avec son propre pistolet me paraît tout à fait plausible, tout à coup, et je tiens pas à être celui qui provoque une chose pareille.

— Je sais ce qu'ils t'ont dit. Mais c'est qu'un énorme mensonge, tu m'entends ? J'ai jamais tué personne : ça, c'est la vérité.

Il me fait m'habiller, maintenant, et le plus bizarre, c'est que rien de tout ça ne me surprend beaucoup. Quelque part, j'ai toujours su que ça arriverait, qu'il viendrait me chercher une nuit, que je me réveillerais avec lui dans la pièce qui prendrait toute la place, et que je me sentirais complètement vidé.

Je suis si faible que j'ai du mal à mettre mes chaussures. Un peu comme quand on se réveille et qu'on a un bras mort qu'on n'arrive pas à bouger. Mais là, c'est tout mon corps qu'est comme ça — mort, et léger comme une baudruche. Si je les laissais partir, mes mains s'envoleraient sans doute.

— Ça va être une grande aventure. Tu vas t'éclater, mon garçon. Bon, allez, on se tire. Et pas un bruit, O.K. ?

La porte qui donne sur le jardin est ouverte, et on voit les étoiles. Certaines personnes pensent que les étoiles ont l'air assez près pour qu'on puisse les toucher, mais Freak dit que le ciel, c'est comme une photo prise il y a un milliard d'années, un vieux film qu'on nous passe de là-haut, et qu'en réalité un grand nombre de ces étoiles se sont éteintes depuis. Elles sont déjà mortes, et ce qu'on voit, c'est une rediffusion. Si on y réfléchit, c'est pas idiot, comme théorie. Un jour, la rediffusion sera terminée, et on verra toutes les étoiles disparaître les unes après les autres, comme un milliard de petites flammes soufflées par le vent.

— Par là. Et pas un bruit.

Il a neigé. Pas beaucoup, mais assez pour couvrir le sol. Je sais que l'air est froid, mais je sens rien, même sans ma veste, que j'ai pas eu le temps de mettre. Le froid n'a pas d'importance. Rien n'a d'importance, à vrai dire, ni Grim et Gram, ni les vieilles étoiles dans le ciel, ni Freak et la Douce Gwen. Tout ça, c'était qu'un rêve, un long rêve, et là, je me suis réveillé, et la silhouette tient toute la place, même si on est dehors.

Chez Freak, il n'y a pas de lumière, et je me dis : « Les étoiles se sont éteintes » et je me demande bien pourquoi je me dis ça, c'est comme une voix morte qui parle dans ma tête.

— Laisse-moi te regarder, il me dit quand on arrive sous un lampadaire.

Il a des sourcils très épais, on voit à peine ses yeux, mais ça me dérange pas ; au contraire, je préfère. Regarder ces yeux, c'est chercher le cauchemar.

— Eh ben... eh ben... Non mais tu te rends

compte ? J'ai l'impression de regarder une vieille photo de moi. On a été faits dans le même moule, tous les deux, tu le sais, ça ?

Je réponds rien. Il tend une main et me touche très doucement le visage ; on dirait qu'il ferait jamais de mal à une mouche.

— Est-ce que tu le sais, hein ? Je t'ai posé une question.

— Oui, monsieur. C'est ce que tout le monde dit.

— Tu sais combien de soirs de Noël j'ai passés privé de la chair de ma chair ? Tu trouves ça juste, toi, de faire ça à un homme ? L'enfermer pour un crime qu'il n'a jamais commis ?

Il attend une réponse, alors je dis :

— Non, monsieur. C'est pas juste.

— Mais c'est terminé, maintenant. On reprend tout de zéro. Rien que toi et moi, mon garçon. C'est dans l'ordre des choses.

Le calme qui règne dans la rue est surprenant. Comme si tout le monde était parti, ou mort. Le calme est presque aussi grand que lui. Lui qui est aussi grand que moi, mais plus large de partout, et je sais pas pourquoi, peut-être parce qu'on est tout près de chez Freak, un truc bizarre me passe par la tête : *Il n'a pas besoin d'une armure*.

Non. Et il n'a pas besoin d'un cheval, ni d'une lance, ni de jurer fidélité à son roi ou amour à sa mie. Il n'a besoin de rien, il est tout en un, et personne ne le vaincra jamais, pas même le brave Lancelot.

Il scrute les alentours, ses sourcils froncés font comme des ombres creuses.

— Tu sais à quoi je pense quand je vois un quartier comme celui-là ? A des hamsters. Les gens, ici, ils vivent comme des hamsters en cage. Ils ont leur petite roue, et ils tournent dedans toute leur vie. Ils courent et ne vont nulle part. Ils tournent, c'est tout.

Je suis toujours planté là.

— Ils t'ont monté contre moi, je le sais. Mais sois patient. Un jour, tu sauras la vérité.

Il se met à marcher d'un bon pas, et je marche avec lui, comme si mes pieds savaient où on va. On coupe par les petites rues, en direction de l'étang, qui est tout gelé et tout blanc. Demain matin, des mômes viendront essayer leurs nouvelles luges et leurs nouveaux patins, et perdront sans doute leurs nouvelles moufles et leurs nouvelles écharpes, et se feront crier dessus par leurs parents, mais ce soir, l'étang est aussi désert que la lune, aussi vide que ma tête.

Une voiture passe très lentement le long de la berge, et j'ai l'étrange impression qu'il n'y a personne au volant.

Il agrippe mon col de chemise d'un doigt et me fait me baisser jusqu'à ce que la voiture soit partie.

Quand elle passe, on voit rien à travers les vitres, on n'entend que la neige qui crisse sous les pneus.

— On est invisibles. C'est génial, tu trouves pas ?

On se relève. Je sais où on va. A la cité.

Quelques lumières sont allumées dans les vieux bâtiments, on voit que certaines vitres sont fendues, ça fait comme un coup de couteau dans la lumière.

— Tu connais l'histoire de Marie et Joseph ? Ils ont cherché refuge à Bethléem, et l'enfant Jésus est né dans une étable.

J'essaie de faire oui de la tête. Le plus drôle, c'est que j'ai pas froid mais que je claque des dents. Tout mon corps est frigorifié, mais ma tête s'en est pas aperçue, on dirait.

— Ben nous aussi, on cherche refuge. Mais on ne va pas exactement échouer dans une étable.

— Non, monsieur. Certainement pas.

Il pose tout doucement une main sur ma nuque.

— Je t'ai pas posé de question, fils. Règle numéro un : tu ne fais pas l'insolent avec ton paternel.

C'est la dernière fois que je l'ouvre, c'est plus sûr. On arrive à la cité. Elle est presque jolie, avec la neige fraîche qui couvre les toits et rend les plates-bandes toutes blanches, propres et douces. Un vieux guidon de vélo sort de sous la neige, et on distingue les formes de différents objets abandonnés. La vieille bagnole posée sur des parpaings, elle a l'air neuve, comme si elle allait s'envoler dans les airs sans roues.

Je sais où on va, même s'il ne dit rien.

La porte s'ouvre avant qu'on arrive, et Loretta Lee se tient dans l'encadrement.

— Iggy ! elle dit. Viens voir ce que le chat nous rapporte !

— Dis bonjour à mon fils, Loretta. Pas vrai qu'on est sortis du même moule, lui et moi ?

On entre, et Iggy est là. Il verrouille derrière nous, ferme les volets. Loretta porte une robe rouge moulante, si elle éternue, c'est sûr, elle va tomber.

— Mission accomplie, hein, Kenny ? dit Loretta. Si quelqu'un pouvait y arriver, c'était toi, j'en étais sûre.

— La ferme, Loretta, râle Iggy.

— Je me trompe ou tu as bu, toi ? dit mon père. Elle a picolé, hein, Iggy ? Je pensais pourtant avoir été clair.

— Allez, quoi, c'est Noël, fait Iggy, un peu nerveux. Une goutte de punch, ça fait de mal à personne.

— Une goutte de punch, répète Loretta d'une voix pâteuse. C'est tout.

Elle a des faux cils qui sont en train de se faire la malle, et sur ses yeux, le maquillage bave autant que sur sa bouche rouge. Je le sais parce qu'elle arrête pas de les battre dans ma direction en souriant, ce qui fait que je vois qu'elle a du rouge à lèvres sur les dents.

— Elle est O.K., Kenny, dit Iggy. T'as ma parole.

— Je le crois pas ! s'esclaffe Loretta. Il a tourné la page, le révérend Kane a tourné la page, donc plus personne a le droit de picoler un soir de Noël, même si t'es chez toi et maître de ton domaine.

— Fais gaffe à ce que tu dis, grogne Iggy en la forçant à s'asseoir sur le canapé défoncé.

Là, elle se penche vers moi, et me fait un petit signe de la main, et puis des œillades, ça en finit plus.

— Il faut qu'on mange, moi et mon garçon, dit mon père. Ça fait huit longues années qu'on est au frais et on a faim, pas vrai, fils ?

— Oui, monsieur.

Iggy va dans la cuisine préparer des hamburgers, et nous on s'assoit en attendant, sans rien dire. Loretta est recroquevillée sur le canapé, elle s'est endormie, l'air rêveur.

Je mange le hamburger qui dégouline de graisse, enfin, je me force, et Iggy s'agite autour de nous comme si c'était l'affaire du siècle, de recevoir Kenny Kane, et j'ai du mal à croire que ce type est le chef d'une bande de motards qui fout la trouille à tout le monde, même aux flics.

Ensuite, Loretta se réveille, s'étire comme un chat et bâille à se décrocher la mâchoire ; on voit sa glotte.

— Ça fait du bien, un petit somme, dit-elle. J'en avais besoin. Mais j'ai besoin de beaucoup de choses, elle ajoute avec un petit rire qu'elle cache derrière sa main.

Mon père la regarde même pas, s'essuie la bouche avec une serviette en papier, et se tourne vers Iggy.

— Si jamais tu fais de la tôle un jour, ils pourront te mettre aux cuisines.

Iggy a un rire tendu, hi hi hi ! voilà qui

serait drôle, être cuistot en prison. Et puis il change de sujet :

— On y va quand tu veux. Je vais te montrer l'endroit que je t'ai parlé.

Mon père se lève.

— Maintenant, c'est bien. Allez, fils, on y va.

17

Sur la Sainte Bible

Entre les bâtiments de la cité, il y a une allée qu'on voit pas de la route. C'est par là qu'on passe avec Iggy pour aller à l'endroit qu'il a prévu. On voit tout de suite que la porte a été forcée et que le verrou a cédé. On avance dans le couloir, il fait sombre.

Quand la lumière s'allume, la première chose que je remarque, c'est que ça sent le parfum que les vieilles dames mettent, et le chat.

— C'est pas terrible, mais la vieille qui habite ici est partie passer les fêtes chez sa sœur, dit Iggy en essayant de sourire.

Il fait chaud dans la petite pièce, ça sent un peu le renfermé, aussi, et les meubles sont vieux et moches. Il y a une grosse télé qui date pas d'hier, avec un napperon dessus et un aquarium vide, un tas de journaux attachés par une ficelle, et puis une bible sur une petite table, à côté de la télé. Il y a aussi un portrait de Jésus au mur, avec des yeux qui te suivent partout où tu vas, et qui te font loucher si tu les regardes trop.

— Y a pas grand-chose à tirer, dit Iggy.

Mon père regarde un peu partout, vérifie que les rideaux sont fermés.

— Tu crois que je cambriolerais une pauvre vieille ?

Iggy secoue la tête.

— Jamais de la vie.

— Laisse tomber. Ça ira pour l'instant. Le temps de me retourner.

— Je ferais mieux d'y aller. Loretta doit m'attendre.

— C'est ça.

Mon père regarde la porte se fermer derrière Iggy, et dit rien. Moi, je reste debout au milieu de la pièce parce que je sais pas ce qu'il veut que je fasse.

— Installe-toi, fils, il dit enfin. Je vais voir si on a une sortie de secours.

Je regarde la porte par laquelle on est entrés, je fais que regarder, quand tout à coup, il est derrière moi, et je sens l'air froid qu'il trimballe partout avec lui souffler dans ma nuque.

— Tu me fausserais pas compagnie maintenant, hein ?

— Non, monsieur.

— Assieds-toi. Il faut qu'on parle, tous les deux. D'homme à homme.

Je m'installe dans ce fauteuil de vieille dame qu'est tellement mou que je m'enfonce presque jusqu'au sol, et je me demande où sont les chats. Peut-être qu'elle les a emmenés chez sa sœur. Ou peut-être qu'Iggy les a laissés sortir et qu'ils peuvent plus rentrer.

Il se penche vers moi, pose ses grosses mains sur les accoudoirs.

— Tes grands-parents disent que t'es rien qu'un retardé, mais y a jamais eu de retardé dans ma famille et c'est pas maintenant que ça va commencer. Donc, d'abord, tu vas essayer de te montrer un peu plus futé. Sers-toi de ta tête. On est dans le pétrin, fils, et pour s'en sortir, le plus simple, c'est que tu fasses exactement ce que je te dis de faire, quoi qu'il arrive. Pigé ?

— Oui, monsieur.

Il passe une main dans mes cheveux, et je sens sa force, même s'il me fait pas mal.

— C'est bien. Très bien.

Il va dans la pièce d'à côté, j'entends une porte qui claque, puis des trucs qu'on déplace, et quand il revient, il a une corde à la main.

— Un garçon qui ne connaît pas son père pourrait bien être assez stupide pour s'enfuir, il dit. Et ça, on peut pas se le permettre, n'est-ce pas ?

— Non, monsieur.

— Non, monsieur, quoi ?

— Non, monsieur, on peut pas se le permettre.

Alors il m'attache les pieds et les mains, et puis il noue l'autre bout de la corde autour de sa taille.

— Je vais pioncer tant que c'est possible. Si

t'es aussi futé que je le crois, tu feras la même chose.

Il éteint la lumière et s'allonge par terre à côté du fauteuil, avec un bras sous la tête en guise d'oreiller, et pendant un bon bout de temps, j'arrive pas à savoir s'il dort ou s'il fait semblant. Et puis je me dis que peu importe, de toute façon, si je bouge, la corde le réveillera sûrement.

Il a beau faire chaud, j'ai l'impression d'être gelé. Le fauteuil me retient, je suis pas assez fort pour me lever, ça commence à me picoter aux poignets et aux chevilles, à cause de la corde. Assez vite, j'arrive plus à garder les yeux ouverts.

Je suis à demi endormi et je rêve qu'un chat est dans la pièce d'à côté et miaule pour qu'on lui donne du lait quand je sens qu'on me tire.

Il est assis dans le noir, je vois pas son visage.

— Debout, bel endormi. Mon fils a besoin de savoir deux-trois trucs sur son père. D'abord, comme j'ai déjà dit, j'ai jamais tué personne. Je suis costaud, comme toi, alors les gens supposent des trucs, et ils supposent mal. Tu comprends ce que je veux dire ?

— Oui, monsieur, je comprends.

— Bon. Ensuite, les vieux trognons avec qui tu as vécu toutes ces années, je suis sûr qu'ils t'ont jamais donné les cadeaux que je t'envoyais. Je me trompe ?

— Non, monsieur, ils me les ont pas donnés.

Il secoue la tête, l'air très chagriné.

— C'est un crime de pas donner à un môme les cadeaux de son père. Les lettres non plus, je suppose que tu les as jamais eues ? Non, évidemment, s'ils t'ont pas donné les cadeaux, ils ont déchiré les lettres. Encore un crime contre l'humanité, voilà ce que c'est. Ils m'ont détesté dès le début. A cause de mon physique et parce que j'étais pas assez bon pour leur petite fille adorée. Comme si on pouvait reprocher à quelqu'un d'avoir l'air cruel et effrayant alors qu'à l'intérieur il est tout ce qu'il y a de plus affectueux. Ce que je suis. Je peux pas regarder un film triste sans pleurer, et j'ai pas honte de le dire.

La lumière des lampadaires, dehors, traverse juste assez les rideaux pour que je voie le côté de son visage quand il se tourne. Sa joue est humide, et d'un geste il l'essuie.

— On m'a enfermé comme un animal. Toutes les nuits, je me suis endormi en pleurant, et ça, c'est la vérité. Kane le Caïd, c'est un surnom qu'on m'a collé sur le front et que j'ai pas mérité. Tu sais combien les enfants peuvent être méchants à l'école ? Méchants comme des animaux ? Eh bien c'était comme ça, sauf que c'était pas des enfants, c'était des adultes qui auraient pas dû y croire, mais qu'étaient tellement ignorants et pleins de haine qu'ils avalaient tout, et le pire.

Il parle d'une voix lasse, mais je peux pas m'empêcher de l'écouter, de suivre les mots, comme sur une route de montagne où on voit rien, que la route qui est devant.

— J'ai été victime d'une grande injustice,

mon garçon. Ces gens-là m'ont volé ma vie. Ils m'ont privé de plusieurs années, et c'est comme s'ils m'avaient arraché le cœur avec un couteau. Voilà ce que ça me faisait de rester éveillé toutes les nuits et de penser à l'injustice dont j'ai été victime. Ils m'ont reproché tous les péchés de la terre, ces gens-là. Je te parle des vieux chnoques, de sa famille à elle, qui me détestaient, et aussi de la police qui n'a pas su voir où était la vérité.

Il s'arrête pour essuyer un nouvel arrivage de larmes. Y a pas de sanglots dans sa voix, sa tristesse, on l'entend pas, mais des larmes, c'est sûr, y en a partout sur ses joues, lisses et brillantes dans la lumière pâle.

— En me réveillant, je me disais que peut-être tu te demandes pourquoi je t'ai pas encore parlé d'elle. De ta mère. Tu dois encore avoir dans la tête tout ce qu'ils t'ont dit, tout ce qu'ils t'ont fait croire. Tu étais un si petit garçon quand c'est arrivé, comment pourrais-tu savoir ce qui s'est réellement passé ?

Il se lève, va vers la télé et, quand la corde se tend entre nous deux, revient avec un livre dans les mains.

— Tu sais ce que c'est, ça, fils ?

— La Bible.

— Tu la vois bien quand même il fait sombre, hein ? Bon. Alors regarde ce que je vais faire. Je vais poser ma main droite sur cette bible, tu vois ?

— Oui, monsieur, je vois.

— Et je pose l'autre sur mon cœur, tu vois toujours ?

— Oui, monsieur.

— Très bien. Maintenant, écoute-moi. Moi, Kenneth David Kane, jure sur la Sainte Bible que je n'ai pas tué la mère de ce garçon. Que je meure sur-le-champ si je mens.

J'attends de voir s'il se produit quelque chose, mais rien. La pièce est la même, le parfum de vieille dame est toujours là, et celui des chats absents aussi. Et mes pieds et mes poings sont reliés à sa taille par une corde.

— Satisfait ?

J'essaie de lui répondre, mais dans ma gorge les mots se coincent, et puis ma langue est si sèche que j'arrive à peine à ouvrir la bouche. Je revois sa main, qui semblait peser des tonnes sur la bible.

— Je t'ai posé une question, fils.

— Oui, monsieur, je suis satisfait.

Après ça, il s'allonge à nouveau, et assez vite, sa respiration devient régulière. Moi, j'arrive pas à dormir. Je reste assis là, comme un sac, jusqu'à l'aube, et j'essaie de pas penser aux souvenirs que j'aurais voulu oublier.

18

Les handicapés, on ne peut pas leur faire confiance

J'attends que quelque chose arrive. Le monde entier dort, sauf moi, et le seul bruit qu'on entend, c'est sa respiration. J'essaie de voir à travers les rideaux quand le jour se lève, mais la neige a collé à la vitre et je vois tout trouble, ce qui correspond assez bien à ce que je ressens aussi.

Je le regarde, allongé par terre, débordant du tapis, et je pense à l'histoire du géant qui s'endort et est attaché par de petits personnages. Mais moi je fais rien. Je suis qu'un tas dans un fauteuil, un tas qui a des fourmis dans les mains et dans les pieds.

Enfin, j'entends un bruit à l'arrière, et puis des pas, légers, rapides, et mon père se réveille et se redresse tellement vite qu'il me fait presque tomber du fauteuil.

Il est debout, avec un regard de bête sauvage, quand Loretta Lee entre dans la pièce, les bras ouverts.

— Joyeux Noël, les garçons !

Elle a un carton de pizza dans une main et nous le tend comme un cadeau.

— Où est Iggy ? demande mon père.

— Il attend le père Noël. Y a rien d'ouvert, ce matin, mais il nous reste ça d'hier soir, alors si ça vous dit...

— Pose.

Il tire sur la corde et me fait lever, puis lui jette un regard froid.

— Toi, tu vas me chercher Iggy.

Loretta Lee porte un long manteau qui a l'air tout neuf, elle a dû l'avoir pour Noël, mais ses jambes sont maigres et nues, et aux pieds, elle a des vieilles bottes en caoutchouc. Cigarette au bec, elle regarde mon père à travers la fumée en plissant les yeux, comme si elle cherchait à deviner ce qu'il pense.

— Pourquoi t'essaies pas d'être un peu gentil, Kenny ? On s'en est payé de bonnes tranches, tous les deux, à l'époque, t'as oublié ?

— C'est fini, tout ça. Tu peux pas trouver mieux qu'un reste de pizza ?

— Mais c'est bon, la pizza. Y a des vitamines, dedans, et tout.

— Je veux quand même voir Iggy.

Loretta tire sur sa cigarette avec un sourire un peu tordu. Elle me regarde par petits coups, regarde la corde, mais revient toujours vers lui.

— Iggy va pas tarder. Il a eu une nuit difficile.

— J'ai des choses à régler avec lui. Des choses importantes.

— J'en suis sûre, elle dit en faisant demi-tour.

Et je l'entends ressortir par-derrière.

Le carton de pizza est sur la table, mais mon père déclare qu'on peut pas manger ce que les sales pattes de Loretta ont touché, alors on va dans la petite cuisine, il me détache et on regarde dans les placards, où on trouve que des céréales et des pruneaux. Dans le frigo, tout a tourné alors je mange un bol de corn-flakes avec de l'eau, et j'ai tellement faim que je trouve ça presque bon.

— Il s'agit de ce qu'on appelle une situation temporaire. Je connais un moyen de vivre comme des rois si on joue les bonnes cartes.

Il se tait un moment, me regarde, j'ai l'impression qu'il cherche à voir à l'intérieur de ma tête.

— On devrait bientôt mettre le cap sur des contrées plus chaudes. Ça te branche, fils ?

— Oui, monsieur.

Il a l'air pensif.

— J'ai eu pas mal de temps pour préparer mon coup. Pas mal de temps pour étudier les gens, comprendre ce qui les fait bouger. D'abord, on va se trouver un bus, un vrai, un gros, parce que c'est important d'impressionner du premier coup. Sur les côtés, on peindra *Révérend Kenneth David Kane*. Ou peut-être qu'on prendra un autre nom, pour plus de sûreté. T'avais vu que j'étais devenu un homme de Dieu ? En me regardant, t'avais deviné, fils ?

— Oui, monsieur. Heu, en fait, non, monsieur.

— Qu'est-ce que tu veux dire ?

— Je sais pas, monsieur.

Il tend le bras et m'ébouriffe les cheveux.

— Tu apprendras. Tu te tiendras à l'avant du bus, avec un beau costume. Et tu feras la quête. T'auras pas à voler l'argent, parce que les gens le donneront à un envoyé de Dieu, et ce qu'ils adorent, c'est qu'on leur parle d'un homme méchant qui s'est racheté. J'ai appris comment prêcher la bonne parole face à un tas de détenus analphabètes, mais qu'étaient pas plus ignorants que la majorité des gens. Parfaitement. On va très bien s'en sortir.

Quand j'ai terminé les corn-flakes, il me rattache.

— Par précaution. Je veux pas prendre de risques tant que t'auras pas eu la révélation. Ça te dit de voir la lumière ?

— Oui, monsieur, ça me dit.

Il a un sourire jusqu'aux oreilles et il se tapote la poitrine.

— Tu la vois, fils. Je *suis* la lumière. Et t'es prié de jamais l'oublier.

Il met la télé ; on voit presque rien tellement l'écran est mauvais, et il change de chaîne toutes les trente secondes en maudissant la vieille dame d'avoir une si mauvaise télé. Il n'y a que des émissions de Noël et des dessins animés, et ce qu'il cherche, c'est les infos, pour voir si on parle de nous.

— Je suis sûr qu'ils se sont même pas aperçus que t'étais plus là. Parqué comme t'étais dans le sous-sol, ils devaient pas venir te voir souvent.

On attend Iggy quand la lumière bleue du gyrophare balaie les rideaux. Il m'attrape rapidos par le cou et me plaque au sol. On reste tous les deux comme ça un moment, la lumière bleue passe très lentement, elle éclaire toute la pièce.

— Ils cherchent peut-être quelqu'un d'autre. Dans un endroit comme celui-là, ça peut être n'importe qui. Mais on n'est jamais trop prudent.

Quand les lumières s'arrêtent, il rampe jusqu'à la fenêtre et regarde dehors.

— Y a rien de plus con qu'un flic con. S'ils étaient intelligents, ils travailleraient pas un jour de Noël, non ?

— Non, monsieur.

— Tais-toi, fils, laisse-moi réfléchir.

Je suis toujours allongé par terre et attaché quand Iggy arrive discrètement par-derrière. Je le reconnais à sa démarche traînante, et au bruit de ses bottes.

— Kenny ! il chuchote. T'es là ?

— Evidemment que je suis là. Amène-toi.

Iggy entre dans la pièce, regarde partout, l'air inquiet. D'abord, il semble surpris de me voir ligoté, et puis il hausse les épaules et me regarde plus.

— C'est pas passé loin, il dit. T'as vu la bagnole des flics ?

— Je l'ai vue.

— Ils se sont pointés chez moi, ils cherchaient le gosse. Je leur ai dit revenez avec un mandat si vous voulez voir ce qu'il y a sous mon pieu, mais je les ai quand même laissés se rincer l'œil depuis la porte, pour qu'ils voient bien que vous étiez pas là.

— Ils t'ont cru ?

— C'est difficile de savoir, avec les flics.

Alors mon père passe un bras autour des épaules d'Iggy et le tire vers lui, et je vois la trouille dans les petits yeux d'Iggy, et puis sa bouche humide perdue dans sa barbe.

— Tu m'as pas donné, hein ? dit mon père. Pourquoi ils viennent justement chez toi, alors qu'ils ont toute la ville à fouiller ?

Iggy a un rire nerveux.

— C'est l'autre handicapé, le nabot. Il était dans la voiture avec eux, Loretta l'a vu sur le siège arrière.

Freak.

— Quel nabot ? Tu crois que je vais avaler ça ?

— Demande-lui s'il a un copain nain, dit Iggy en me montrant du doigt. Ils ont piqué le sac de Loretta l'autre jour, c'est comme ça qu'ils savent où on crèche. C'est la vérité, Kenny, je t'assure.

Mon père s'accroupit à côté de moi et se penche très, très près. Son visage n'exprime rien.

— Alors ? C'est quoi, ta version ?

— On l'a pas piqué. On l'a juste rapporté.

— Oh, voilà qui est intéressant ! Elle me plaît, ton histoire.

— Le handicapé, c'est le môme de Gwen.

Tu te souviens de Gwen ? C'était une copine de ta femme — enfin, c'est ce que dit Loretta.

Iggy parle à toute vitesse, comme s'il était pressé de sortir les mots et de se tirer. Mon père pose une main sur son torse et le pousse dans le fauteuil.

— Je me fous de cette gonzesse. Je me fous de comment les flics t'ont trouvé. Ce qui compte, c'est qu'ils t'ont trouvé, point. Alors, qu'est-ce qu'on fait, maintenant ?

Iggy se gratte la barbe et commence une phrase, mais mon père l'interrompt :

— La ferme, je réfléchis.

Alors Iggy se tait. De temps en temps, il me regarde discrètement, et j'ai l'impression qu'il essaie de me dire quelque chose avec ses yeux, mais j'arrive pas à comprendre quoi.

— D'abord, il me faut un pétard, déclare enfin mon père. Quelque chose de petit mais d'efficace. Ensuite, une tire. N'importe quoi, du moment qu'elle roule. Tu peux faire ça pour moi ?

Iggy dit que oui, pas de problème.

— Alors vas-y. Le plus vite sera le mieux.

Iggy s'en va, il quitte la pièce à reculons. Mon père me soulève en tirant sur la corde.

— Je sais que t'es trop futé pour gâcher ton temps à faucher des sacs à main avec un handicapé. Les handicapés, on peut pas leur faire confiance. Mais tu le sais, ça, non ?

Il secoue la corde.

— Oui, monsieur, je le sais.

19

Dans un terrier sans lumière

Il faut qu'on quitte l'appartement de la vieille dame parce qu'on sait jamais, les flics pourraient bien frapper à toutes les portes.

— C'est comme des cafards, dit mon père. Ils sont pas futés, mais ils sont nombreux, et ils abandonnent jamais.

De l'autre côté de la petite rue, derrière l'immeuble, il y a un bâtiment muré, qui faisait partie de la cité avant qu'un incendie le détruise, et mon père décide qu'on va se cacher là jusqu'à ce que Iggy nous trouve une voiture.

D'une main, il arrache une grande planche de contreplaqué qui bouche une fenêtre. Le craquement et le crissement des clous font penser à des chats qui se mettraient une peignée, et tout à coup, un vrai chat, un noir, surgit de derrière la planche. Mon père fait un bond, et puis il me tire vers le sol tellement fort que je me cogne la tête.

— Enfoiré de greffier ! il dit. Allez, relève-toi, c'est rien qu'une égratignure. Un peu de sang, ça n'a jamais fait de mal à personne.

Ça fait pas mal, c'est vrai, et de toute façon, j'aime assez le goût dans ma bouche, ça me donne l'impression d'être conscient.

— Entre là-dedans.

Et il tire sur la corde pour me faire passer à travers la vieille fenêtre carbonisée.

A l'intérieur de l'immeuble, tout est noir, humide, dégoulinant, sauf là où la neige s'est accumulée en passant par les trous du toit. La plupart des cloisons sont tombées, on voit l'endroit où la poutre centrale a été dévorée par le feu. Tous les vieux tuyaux et les fils électriques pendouillent, et par terre c'est plein de verre cassé noirci par la fumée.

— Je me suis souvent demandé à quoi ressemblait l'enfer, il dit. Maintenant, je sais.

Il trouve l'endroit où les escaliers descendent vers les caves et démonte les planches qui en empêchent l'accès.

— Tu dois pas être trop dépaysé, après le trou à rat où t'étais parqué, là-bas.

Il fait tellement sombre qu'il doit allumer son briquet, et encore, la flamme est trop petite, on voit pas le bas des escaliers.

— Passe devant, il vaut mieux pas qu'on descende ensemble, les marches risquent de céder.

Elles sont en bois massif, les marches, mais là où l'eau dégouline depuis des années, elles sont molles et glissantes, je les sens s'enfoncer sous mes pas. Il y a une rampe, mais avec les mains attachées, je peux pas vraiment m'y tenir, et puis, vu comme il tient le briquet, je pourrais fermer les yeux, ça changerait pas grand-chose, on n'y voit rien.

Je glisse et je dégringole, il tire sur la corde et me voilà suspendu dans les airs à pédaler dans le yaourt.

— On se calme, on se calme, fils. On va y aller tout doucement.

Finalement, on arrive en bas de l'escalier. Par le fenestron d'une cave arrive un tout petit peu de lumière, suffisamment pour qu'on puisse se frayer un chemin entre les gravats calcinés qui sont tombés de l'étage du dessus.

— Comme piaule, on a fait mieux, je te l'accorde. Mais dès que Iggy aura tout réglé, on se tire.

Il me rattache les pieds et noue la corde autour d'un vieux chauffe-eau tombé sur le côté. Du coup, je peux plus bouger, ni regarder derrière moi.

— Tu comprends, je peux pas encore te faire confiance. Quand on aura déguerpi d'ici, ça sera différent. Chaque kilomètre qu'on mettra entre nous et cet endroit te rendra plus intelligent.

Il déchire un morceau de ma chemise et me bâillonne pour que je puisse pas crier, il m'explique, et réveiller tout le quartier. Et puis il passe une main dans mes cheveux encore une fois, très doucement. Je suis presque sûr qu'il a un sourire affectueux aux lèvres, quoique... Il fait tellement sombre, c'est dur à dire.

— Tu restes là bien gentiment. Il faut que je voie un type, pour une voiture.

Et puis il disparaît, et je reste un moment sans bouger parce qu'on sait jamais, c'est peut-être une ruse et il va surgir derrière moi pour voir si j'arrive à me libérer. Mais j'y arrive pas, mes mains sont engourdies et toutes gonflées à cause de la corde qui m'entaille les poignets, alors j'abandonne et j'essaie juste de m'habituer à l'obscurité.

Je vois à peine la petite fenêtre. Elle est tellement étroite qu'un chat pourrait tout juste s'y glisser, et dessous, il y a un gros tas de charbon. A l'étage au-dessus, j'entends craquer le plancher sous ses pas, il doit marcher sur la pointe des pieds pour pas faire de bruit.

Je l'écoute un moment, tout en essayant de voir à travers la fenêtre, quand quelque chose bouge contre la lumière.

Je suis presque sûr d'avoir entendu gratter près de la fenêtre, mais on peut pas toujours se fier à ce qu'on entend dans le noir. Et puis le bruit s'éloigne et je me dis que ça devait être un chat, ou peut-être un chien qui reniflait à droite à gauche. Et je reste sans bouger, parce que plus je bouge, plus la corde me serre.

Un peu plus tard, j'entends quelqu'un dans l'escalier, encore ces pas tout légers qu'essaient de pas faire de bruit, et puis une lampe de poche s'allume, et une voix de femme demande :

— T'es là, gamin ?

Loretta Lee.

Je peux pas lui répondre à cause du bâillon. Tout ce que je peux faire, c'est remuer un peu pour faire du bruit, qu'elle sache que je suis là. A sa voix tremblotante et fluette, on sent qu'elle en mène pas large dans le noir.

— Dis-moi que c'est toi, gamin. Mon Dieu, mais qu'est-ce que je fous là, moi ?

Et puis le faisceau de sa lampe s'arrête pile entre mes deux yeux et elle trébuche sur je sais pas quoi en essayant de m'atteindre. La première chose qu'elle fait, c'est de m'enlever le bâillon, et je respire un grand, grand coup, tellement grand que l'air me brûle les poumons.

— C'est pas bien, ça, elle murmure. Attacher son propre fils, c'est pas bien. C'est plus l'homme que j'ai connu, ça c'est sûr.

Je voudrais dire quelque chose, mais je sais pas trop quoi, et de toute façon, j'ai la bouche complètement sèche. Elle pose la lampe par terre de façon à voir si elle peut défaire mes liens.

— Il est fortiche en nœuds, ton paternel.

Il me semble que ses mains tremblent en s'affairant sur les nœuds. Il me semble aussi que j'entends les planches craquer, là-haut, mais c'est difficile d'en être sûr, c'est peut-être juste le vent.

— Voici notre plan : Iggy l'occupe pendant que je te délivre. C'est bien vu, non ? Y a assez de flics dans les parages pour déclarer une guerre ; si on arrive à sortir de ce trou sordide, on sera hors de danger.

Elle tire sur la corde, par petits à-coups nerveux, et je sens que les nœuds font que se resserrer. Finalement, elle décide d'essayer de la couper en la frottant sur un morceau du chauffe-eau qui dépasse.

— J'ai vu ça dans un film, une fois, elle murmure. Mais je sais plus lequel.

Elle frotte et frotte, et la corde finit par céder, mais pas de partout ; il faut frotter encore pour me libérer les poignets, et je peux pas vraiment l'aider, mes mains sont trop engourdies et enflées.

— Tes chevilles, maintenant, dit Loretta. Parce qu'il y a pas de risque que je te porte jusque là-haut. Tu vas pouvoir marcher si je te détache ?

— Oui, madame.

Ça la fait rire.

— Eh bien, mais c'est qu'on est poli, tout à coup. Voilà, ça devrait aller.

Mes pieds sont détachés, et j'essaie de me lever, mais je suis obligé de m'appuyer contre elle pour tenir debout.

— Attends une seconde, mon grand, que je récupère ma lampe de poche.

Elle se penche pour la ramasser, et fait un drôle de bruit, comme si elle avalait de travers.

Deux grosses mains lui serrent le cou. Je vois mon père, énorme, qui sort de l'ombre, et il la tient par le cou, la tire en arrière.

— Pauvre créature ignorante, il dit. Je vais t'apprendre à poser tes sales pattes sur mon fils.

Loretta peut rien dire, elle est tombée à genoux, essaie de se dégager, mais ça sert à rien, elle peut pas l'arrêter, il est en train de la zigouiller à mains nues et personne peut l'arrêter, personne, personne.

20

Freak le Vaillant contre-attaque

Même un débile profond comme moi sait qu'il peut pas arrêter Kane le Caïd, mais j'essaie quand même. Mes mains sont encore engourdies et je peux à peine marcher, ce qui fait que je m'écroule sur lui et j'essaie de lui faire lâcher prise.

— Arrête ! je lui dis. Arrête ! Je te vois, je te vois, papa, s'il te plaît, arrête, tu vas la tuer !

Il m'envoie balader d'un revers de la main. Il est en fer et en acier, il grince des dents et serre le cou de Loretta, qui lutte même plus ; on voit le blanc de ses yeux.

Je tente de me glisser entre eux deux.

— Je t'ai vu la tuer ! je hurle. Je t'ai vu tuer maman ! J'ai jamais oublié, jamais ! Je sais que c'est toi qui l'as tuée ! Je le *sais* !

J'ai l'impression de me débattre sous l'eau, tellement je suis faible et mou, je fais pas le poids contre lui, je peux pas lui faire lâcher le cou de ma mère. Le cou de Loretta. Tout se mélange, soudain, et il fait à Loretta la même chose qu'à ma maman, il l'étrangle, et il a le même regard froid de tueur parce qu'il *veut* qu'elle meure, comme il voulait que maman meure, et dans ces cas-là, plus rien ne compte que ce qu'il veut.

Je suis là, dans le noir, je tire, je pousse. La lumière accroche ses yeux, elle me regarde, elle est si loin, j'ai l'impression d'avoir quatre ans et de regarder par l'entrebâillement de la porte de la chambre avant de me jeter sur lui pour le frapper de mes petits poings, tandis que dans le regard de sa victime la lumière s'éteint lentement.

Impossible de lui faire lâcher prise, tout ce que je peux faire, c'est hurler.

— Tu l'as tuée ! Je t'ai vu ! Tu l'as tuée, je l'oublierai jamais ! Jamais !

Et tout à coup, il tourne la tête, me regarde et la lâche. Loretta s'affaisse sur le côté, je l'entends respirer dans le noir, on dirait un moineau tombé du nid.

— Quoi ? il dit en m'attrapant. Qu'est-ce que tu viens de dire ?

— Je t'ai vu le faire. Je t'ai vu tuer ma mère.

— T'avais quatre ans, t'étais qu'un mioche.

Ses grandes mains se referment lentement autour de mon cou, mais il ne serre pas. Je sens battre son cœur, son haleine froide balaie mon visage et j'ai plus qu'une envie, m'endormir. Vite.

— Tu peux pas te souvenir de ça. Tu crois que tu peux, mais tu peux pas.

— Si, je peux. Je m'en souviens.

— C'est parce qu'ils t'ont monté contre moi, fils. Ils t'ont fait un lavage de cerveau pour te convaincre que tu pouvais te souvenir.

Il m'attire contre lui, toujours sans serrer, et je sens battre son pouls dans ses doigts.

— Ils en parlent jamais, je lui dis. Ils ont pas besoin d'en parler parce que, de toute façon, je peux pas l'oublier, même si j'essaie très fort.

Son visage est presque contre le mien, je sens la chaleur qui se dégage de lui.

— Non. C'est impossible, tu peux pas t'en souvenir.

— Tu portais un pantalon marron en velours côtelé, et un T-shirt noir sans manches. J'ai essayé de t'arrêter mais j'ai pas pu, et tu m'as porté jusqu'à ma chambre, tu m'as mis au lit et tu m'as dit que j'avais fait un mauvais rêve. Tu m'as enfermé dans ma chambre, alors j'ai couru jusqu'à la fenêtre et je l'ai cassée avec ma main et j'ai crié pour qu'on vienne aider maman.

— Ça, soupire mon père, j'aurais préféré que tu t'en abstiennes. Ça m'a coûté cher en années.

— Ils t'ont attrapé, papa, et ils t'ont mis en prison pour toujours, sauf que tu les as roulés et qu'ils t'ont laissé sortir.

— Il faut que je nettoie tout ça, il dit comme s'il se parlait à lui-même. Il faut que je nettoie tout ça et que je me tire.

C'est à ce moment-là que ses mains commencent à serrer mon cou. J'essaie de me débattre, mais je suis trop petit et trop faible.

Il est si grand et si fort, impossible de l'arrêter. Personne ne peut arrêter Kane le Caïd.

Il serre, encore, encore. Toujours plus fort.

Je suis loin, loin tout à coup, et je tombe en arrière, très lentement, comme dans un rêve, quand j'entends un bruit de fenêtre cassée. Et puis une petite voix, lointaine, qui dit :

— Haut les mains, scélérat !

Et je tombe vraiment, l'air revient dans mes poumons, tellement vite que ça fait mal.

Je suis par terre, recroquevillé sur le côté. Et je vois Freak. Il s'est glissé dans la cave par la petite fenêtre, a roulé à bas du tas de charbon et essaie de se relever.

— Je t'aurai prévenu ! il lance de ce ton féroce qu'il prend souvent.

Il brandit un pistolet-gicleur, un de ces gros bazookas intergalactiques qui contiennent au moins quatre litres de flotte.

Kane le Caïd me regarde, puis il regarde Loretta, toujours par terre, qui gémit, et enfin il regarde Freak. Et il secoue la tête.

— Je sais reconnaître une vraie arme d'un jouet, petit monstre.

Il avance, tend un bras. Freak recule un peu, il peut pas vraiment courir, et même s'il pouvait, je vois pas où il irait.

— C'est ça, ton acolyte ? me dit Kane le Caïd. J'ai dû me tromper, alors, tu es peut-être bien un retardé mental après tout.

Freak pointe le pistolet droit sur sa figure.

— Devinez ce que j'ai eu pour Noël, monsieur Kane ? Vous avez intérêt à trouver la bonne réponse, votre vie en dépend.

Kane le Caïd répond pas, il avance lentement, c'est tout, parce qu'il sait que Freak peut pas s'enfuir.

— J'ai eu ce pistolet-gicleur, dit Freak. Et une boîte de chimie. Voilà ce que j'ai eu pour Noël.

Kane le Caïd regarde le pistolet et secoue la tête, du style mais tu veux faire peur à qui, là, exactement ?

— Acide sulfurique, dit Freak en levant le pistolet pour regarder le réservoir. Du bon vieil acide sulfurique sur lequel on peut compter, H_2SO_4, liquide huileux, incolore, corrosif, utilisé dans les teintures, peintures, explosifs, ainsi que dans un grand nombre d'expériences chimiques.

— Arrête tes salades, gamin. On me la fait pas, à moi.

C'est à ce moment-là que Freak appuie sur la détente et lui lance une bonne giclée pile dans les mirettes.

Kane le Caïd se met à hurler comme un putois, il se frotte les yeux, et ce cri, c'est comme un réveil qui sonne dans ma tête, parce que tout de suite après, je me retrouve à courir dans le noir vers les escaliers, avec Freak dans les bras, à courir aussi vite que je peux, sur des pieds que je sens même pas.

— Grouille ! s'écrie Freak. Il est juste derrière nous !

Je peux pas me retourner, mais je le sens, je sens son haleine froide sur ma nuque et les mains qui se tendent à l'aveuglette pour m'attraper, mais je grimpe les escaliers, et c'est comme si je volais.

Les marches cèdent sous mon poids, et derrière moi, il hurle de fureur, il m'attrape par les chevilles et, l'espace d'une seconde, c'est fichu, il m'a eu. Mais je donne un coup de pied, et je me libère. Ça y est, on est en haut de l'escalier. J'aperçois la lumière du jour entre les planches qui condamnent une fenêtre. J'enroule mes bras autour de Freak pour le protéger, et *bang !* je plonge droit devant moi et je passe au travers.

La lumière du soleil m'aveugle ; on fait un roulé-boulé sur la neige fraîche, toute blanche.

Des mains m'attrapent, je me débats.

— Tout doux ! dit une voix. Calme-toi, mon garçon, tu es sauvé.

Iggy Lee. Il est debout, et il a les yeux rouges, on voit tout de suite qu'il s'est fait du mouron. Je m'assois sur la neige, les yeux plissés à cause du soleil, et je regarde autour de moi. Y a au moins des millions de flics, y en a partout, et Freak rigole comme une baleine et répète :

— Ça a marché ! Ça a marché ! Il y a cru ! Savon, vinaigre et curry en poudre ! Ça a marché comme sur des roulettes !

Sur le moment, je comprends pas de quoi il parle, c'est seulement plus tard que je réalise qu'il n'y avait pas d'acide dans le pistolet-gicleur, et que c'est un mélange savon, vinaigre et curry qui a fait croire à Kane le Caïd qu'il allait perdre ses yeux. Kane le Caïd qui se les frotte toujours frénétiquement et supplie qu'on l'aide quand on lui passe les menottes avant de le pousser sans ménagement à l'arrière d'un panier à salade.

La seule chose à laquelle j'arrive à penser, c'est à cette pauvre Loretta. C'est ce que je dis aux flics, qu'elle est encore dans la cave. J'ai peur que personne m'écoute, mais apparemment je me fais du souci pour rien parce qu'ils vont tout de suite voir, et la sortent de là, et Iggy court vers elle en pleurant et en disant son nom.

— Elle respire encore, dit quelqu'un.

A ce moment-là, Gram se fraie un passage parmi tous les flics, Grim sur ses talons, et Gwen est là aussi, et tout le monde se lance dans des démonstrations larmoyantes, surtout Gram, qui me serre tellement fort contre elle que j'ai du mal à respirer.

La Douce Gwen a pris Freak dans ses bras.

— Je t'avais pourtant dit de rester dans la voiture, non ? Je te l'avais ordonné.

Freak et moi, on se regarde, lui par-dessus l'épaule de sa mère, moi par-dessus celle de Gram. Tandis que Gwen s'éloigne avec lui, il lève les deux pouces et lance :

— Freak le Vaillant ! Freak le Vaillant contre-attaque !

21

Un accident de la nature

Il a fallu qu'on aille tous au poste de police, évidemment. Ils ont pris des photos des bleus sur mon cou, et puis ont insisté pour que je passe des radios, alors il a fallu aller à l'hôpital, pour retourner ensuite au poste, et tout ça, ça m'a presque autant énervé que d'être kidnappé.

Quand on est de nouveau au poste, Grim s'assoit à côté de moi et me dit :

— Tu ne peux pas imaginer ce que j'ai ressenti quand j'ai vu les traces de pas dans la neige, qui partaient de ta porte. Je savais que c'était lui. Je le savais au plus profond de moi-même.

Il insiste pour que Gram rentre à la maison, ce qu'elle finit par faire parce qu'on passe encore plusieurs heures chez les poulets ; je leur raconte mon histoire des dizaines de fois, et à la fin je me dis, si on te demande encore une fois ce qui s'est passé quand on t'a réveillé dans le noir pour te faire sortir de ton lit, tu vas tomber dans les pommes.

Grim arrête pas de me tapoter le bras et de dire :

— C'est important, Max. Peut-être que cette fois, ils l'enfermeront pour de bon.

C'est ce que tout le monde répète, que là, ils ont coincé Kane le Caïd pour infraction aux règles de la liberté conditionnelle, violation d'un ordre de restriction de mouvement, enlèvement de mineur et double tentative de meurtre sur moi et l'Intrépide Miss Moto, c'est comme ça qu'ils ont appelé Loretta Lee, dans les journaux.

D'après ce que je sais, elle a pas mal dérouillé, il lui a cassé un os du cou, mais elle s'en sortira. Iggy, je l'ai vu qui attendait, à l'hôpital, il se bouffait la moitié de sa barbe tellement il se faisait du mouron. Finalement, il est pas aussi méchant que ça, je me suis dit.

Tout ça, ça montre bien, comme dit Grim, que l'habit ne fait pas le moine.

Les vacances de Noël, du coup, se passent pas du tout comme d'habitude. Gram veut plus que je dorme au sous-sol.

— Je me fiche de savoir qu'il est sous les verrous, elle dit.

Grim me dit s'il te plaît, fais-le pour ta grand-mère, alors je dors en haut, sur le lit pliant, et le soir, Gram passe toutes les cinq minutes pour voir si je suis bien là. Ça craint, mais elle peut pas s'en empêcher, et puis de toute façon, je suis pas mécontent de pas dormir seul dans mon terrier.

Freak, sa mère lui fait la grande scène du deux quand ils rentrent, parce qu'il a désobéi à son ordre et est sorti pour partir à mon secours, mais elle reste pas en colère longtemps, et se contente ensuite de le regarder en secouant la tête.

— Mais qu'est-ce que je vais faire de toi ? elle lui demande.

— Tu n'as qu'à me confier à une famille d'adoption. Je voudrais vivre avec les Walton.

Il parle de la série télé qui repasse tout le temps, et bien sûr, il dit ça pour rigoler, mais la Douce Gwen trouve pas ça drôle.

— C'est terminé, les folles aventures et les dangereuses quêtes, jeune homme. Tu dois faire attention, elle répète sans arrêt. Très attention.

Elle parle du problème qu'il a pour respirer de temps en temps, à cause de son corps qui grandit plus vite à l'intérieur qu'à l'extérieur, qui grandit pas vraiment, en fait.

Freak va au centre de recherche plus souvent, maintenant. Ce qui est vraiment un calvaire, d'après lui, même si ça ne fait pas mal.

— Le Dr Spivak dit que mon statut unique d'époustouflante aberration génétique fait de moi l'objet d'une curiosité intense, il dit en prenant l'air snob comme il sait si bien faire. Les spécialistes du monde entier étudient mon cas.

— Et l'opération secrète ? je lui demande quand la Douce Gwen n'est pas dans les parages. Celle où on doit te mettre un corps de robot ?

Là, Freak prend une pause assurée, scientifique, et répond toujours la même chose :

— Les recherches bioniques continuent, mon ami. Le travail s'accomplit.

Je sais pas pourquoi je persiste à lui poser la même question, parce que ça me donne des frissons rien que d'y penser. Je devrais être aussi décontracté que lui à propos de tout ça, surtout que c'est lui qui va recevoir un nouveau corps, pas moi. Mais dès que j'y pense, j'ai envie de bondir et de courir dans tous les sens.

J'arrête pas de répéter à Gram que, quand Freak va à l'hôpital pour ses tests, je devrais pas être obligé d'aller en cours, parce qu'on forme une équipe, tous les deux, mais elle est pas d'accord.

— Je sais que Kevin t'a beaucoup aidé. Mais tu as un cerveau, toi aussi, mon chéri, non ?

Ouais, c'est ça.

L'autre truc qui change après les vacances de Noël, au bahut, c'est que tout le monde est jaloux qu'on ait eu notre photo dans le journal et qu'on soit passés à la télé, aux actualités régionales. Mme Donelli nous appelle le Duo dynamique et a découpé une photo de nous qu'elle a punaisée au panneau d'affichage. Et figure-toi qu'un débile nous a dessiné des moustaches dès le premier jour.

Freak trouve qu'il a l'air cool avec la moustache, il a hâte de pouvoir se la laisser pousser, et il a demandé à Mme Donelli de pas enlever notre photo. Moi, j'aimerais juste qu'on me parle plus de tout ça. L'idée d'avoir à témoigner au procès me branche pas du tout, il va falloir que je raconte ce qui s'est vraiment passé, mais tout le monde dit qu'il le faut, si je veux qu'on le mette à l'ombre pour le restant de ses jours. Et je le veux, surtout après ce qu'il a fait à la pauvre Loretta qui essayait juste de donner un coup de main.

— Ils ne peuvent pas te forcer si tu n'en as pas envie, dit Freak. Rien n'oblige un fils à témoigner contre son père.

— Grim pense que ça me fera du bien. Et puis il a vraiment la trouille qu'il s'en sorte encore une fois, ou qu'il amadoue le jury à coups de citations de la Bible.

— Grim se fait trop de souci. Ils se font *tous* trop de souci.

Il a raison. Finalement, juste avant le procès, alors que je me suis déjà rongé tous les ongles jusqu'à la deuxième phalange, Grim reçoit un coup de téléphone qui lui fait brandir un poing dans les airs et dire :

— Excellent ! Parfait !

En fait, ils ont passé un accord avec Kane le Caïd, qui a plaidé coupable, ce qui veut dire qu'il retourne en prison pour purger le reste de sa peine initiale, plus dix ans.

— A sa sortie, ça ne sera plus qu'un vieil homme, dit Grim. Il sera plus vieux que moi.

Ça devrait me faire plaisir, mais au lieu de ça, je me sens tout bizarre, et anxieux, et

Grim, qui croit toujours qu'il a tout compris, me dit qu'il faut que je m'y fasse.

— Cet homme est un accident de la nature, il m'explique. Tout ce que tu as reçu de lui, ce sont tes traits et ta taille. Tu as le cœur de ta mère, et c'est cela qui compte.

Moi, il y a un truc qui me turlupine : et si en grandissant je deviens moi aussi un accident de la nature ?

Un soir, alors que je suis en train d'y penser, juste avant de me coucher, Grim vient s'asseoir au pied du lit pliant.

— Tu verras, Maxwell, les choses seront beaucoup plus claires pour toi quand tu auras fini de grandir. Allez, maintenant, dors bien. Fais de beaux rêves.

Il est gentil, Grim, je le sais bien. Mais des fois, il est vraiment à côté de la plaque. Parce que c'est justement de grandir, que j'ai peur.

22

Le souvenir n'est qu'une invention de l'esprit

— Le printemps est bondissant, déclare Freak. Et nous aussi.

C'est le dernier jour de classe, et on rentre à la maison par le chemin le plus long. Ça fait pratiquement un an que je le trimballe partout sur mes épaules. Entre nous, on dit qu'on avance en formation, et même si on n'est plus partis pour de dangereuses quêtes depuis quelque temps, pour que la Douce Gwen ne nous fasse pas de grosse colère, Freak n'a pas pour autant abandonné la chasse aux dragons.

— Le monde est vraiment et absolument vert de partout, il dit. Tu te souviens de l'ère glaciaire, quand les glaciers recouvraient la surface de la Terre et que le tigre aux dents acérées rôdait dans la nuit gelée ?

— Heu... non. Comment tu veux que je m'en souvienne ? J'étais même pas né.

— Arrête de jouer au crétin. Le souvenir n'est qu'une invention de l'esprit.

— Et ça veut dire quoi, ça, exactement ?

— Ça veut dire que si tu le veux, tu peux te souvenir de n'importe quoi, que ça se soit produit ou non. Par exemple je peux me souvenir de comment c'était à l'ère glaciaire. J'essayais tout le temps d'inventer des trucs — la roue, le chauffage central, l'eau courante — mais l'homme de Néanderthal se contentait d'un feu de bois et d'une peau de bête.

Si tu te dis que Freak a dû lire un bouquin sur l'ère glaciaire, tu as tout juste. Il voit des tigres aux dents acérées derrière tous les buissons, mais jusqu'à présent, ils se sont tous avérés être des chats de gouttière ou, une fois, un putois, et heureusement que je cours vite parce que, autrement, on tremperait encore dans le jus de tomate, qui est le seul moyen de se débarrasser de l'odeur.

— Inventer l'électricité, ça doit être dur, sans fil de cuivre ni aimants. Mais inventer la boussole, ça doit être faisable — il n'y a qu'à frotter l'aiguille. Comme ça, tout le monde pourrait trouver le sud et fuir les glaciers.

— Mais d'abord, faut que tu inventes la machine à remonter le temps, pour pouvoir aller asticoter l'homme des cavernes avec ton chauffage central.

— Pas besoin de machine à remonter le temps si tu sais comment te souvenir.

Ça, je l'oublierai jamais. Lui disant ça et moi essayant de comprendre ce qu'il voulait dire.

Quelques jours après la fin des cours, c'est l'anniversaire de Freak, et la Douce Gwen lui a déjà bien expliqué qu'il n'aurait pas de voyage dans la navette spatiale comme cadeau.

— Treize ans, c'est censé être un anniversaire hyper important. Tu aurais au moins pu faire mettre mon nom sur la liste d'attente. Et un accélérateur linéaire ? Juste un petit, pour que je puisse procéder à la fission de quelques atomes.

— Je suppose que le sens caché de tout ça, c'est que tu vas être un adolescent insupportable, lui répond sa mère.

Le truc, c'est qu'en fait il y a deux anniversaires pour le prix d'un, vu que Freak le Vaillant a presque un an.

— Quel prodige ! dit Freak. Un an à peine et tant de belles choses accomplies...

La Douce Gwen lève les yeux au ciel quand on parle comme ça. Freak dit qu'on peut pas lui demander de comprendre, parce que pour saisir ce que ça veut dire d'être Freak le Vaillant, il faut *être* Freak le Vaillant.

Enfin bon, on fête ça entre nous, parce que Freak a pas le droit de trop s'agiter, ce qui revient à dire que la Lune a pas le droit de tourner autour de la Terre.

— L'an dernier, j'ai eu l'ornithoptère. Cette année, pourquoi pas un hélicoptère ? Mais un vrai, hein, parce que, à mon âge, on peut plus me demander de jouer avec un modèle réduit.

— Et pourquoi pas un avion à réaction ? demande la Douce Gwen.

— Ça serait cool, ça.

Son cadeau, en fait, et j'ai juré de garder le secret, c'est un nouvel ordinateur, celui sur lequel il bave dans tous ses magazines d'informatique. Il aura un modem, comme ça, s'il doit rester à la maison pour une raison ou une autre, il pourra assister aux cours, via le téléphone. Moi, j'irai en classe avec un ordinateur relié au sien. Le seul problème, c'est que j'y connais rien, aux ordinateurs.

— Tu apprendras, me dit la Douce Gwen. Kevin te montrera.

— Mais pourquoi est-ce qu'il devrait rester à la maison ?

On est dans la cuisine ; elle et Gram sont en train de préparer le gâteau et Freak est dans le salon ; il se comporte comme s'il avait l'intention de faire la fête pour le restant de ses jours.

— Peut-être qu'il n'aura pas à rester à la maison, dit sa mère. C'est juste au cas où, Max.

Elle et Gram échangent un regard rapide, le genre de code secret qu'ont les mères entre elles.

— Je crois qu'il a deviné, pour l'ordinateur, vous savez. C'est pour ça qu'il vous taquine avec la navette spatiale et l'avion à réaction.

— Ça ne m'étonne pas. On ne peut rien cacher à Kevin.

Freak touche pratiquement pas à son assiette pendant le dîner, il dit qu'il se réserve pour le dessert. A la fin, on a tous fini de manger, sauf Grim, qui se frotte l'estomac en levant les yeux au ciel et en répétant à la Douce Gwen que ses petits pois, ses pommes de terre nouvelles et son saumon tiennent du génie et qu'il en reprendrait bien, juste une lichette, merci, jusqu'à ce que Gram toussote en souriant et qu'il s'excuse d'être un tel goinfre.

Le plus étonnant, c'est que, quand ils apportent enfin le gâteau, Freak me demande de souffler les bougies pendant qu'il fait un vœu, et qu'ensuite, il touche même pas à sa part, il la tripote du bout de sa cuillère, c'est tout. Je me dis qu'à force de penser à son nouvel ordinateur, il a perdu l'appétit. Il a pas l'air d'être malade, il est aussi futé et rigolo que d'habitude.

— J'aurais dû commander des boules Quies, il nous dit une fois qu'on a fini de lui chanter *Joyeux Anniversaire*. Faudra vérifier si les verres sont pas fêlés.

— Silence, lui dit la douce Gwen, ou on recommence.

Quand elle lui apporte l'ordinateur, il a l'air si surpris et content que peut-être c'était *vraiment* une surprise. Tout de suite, il veut le brancher et nous montrer qu'il en a sous la casquette, et parce que c'est son anniversaire, on le regarde faire et on l'admire en disant : « Epatant », « Fantastique », et : « Kevin, mais comment sais-tu tout ça ? », etc.

Il montre à Grim comment jouer aux échecs en trois dimensions, et rien que de regarder l'écran, j'ai mal à la tête, alors, au bout d'un moment, je vais dans la cuisine aider à nettoyer, parce que ça, au moins, c'est un truc que je fais pas mal.

— Maxwell ne casse jamais de vaisselle, dit Gram. Il a des gestes très sûrs pour quelqu'un de cette taille.

On a presque fini de tout ranger quand, à côté, on entend Grim pousser un cri :

— Kevin !

Et tout de suite, on comprend qu'il est arrivé quelque chose. On se précipite, et on trouve Freak renversé sur sa chaise ; il émet un sifflement bizarre, souffle comme un phoque, et ses cils battent très, très vite.

— Il fait une crise, dit Grim. Appelez une ambulance.

La Douce Gwen est déjà au téléphone.

Je cours me mettre dehors, sur le trottoir, et j'agite les bras en sautant sur place pour qu'ils ratent pas la maison, et toutes les trente secondes je retourne voir comment ça va, mais la Douce Gwen dit qu'on ne peut rien faire sinon attendre.

23

Le livre blanc

Le premier jour, ils veulent pas que je le voie, et Gram dit qu'il faut être patient et laisser les médecins faire leur travail, mais moi je peux pas rester assis comme ça à me tourner les pouces, alors je décide d'aller à pied à l'hôpital, qui est à des kilomètres, dit Grim, mais fais comme tu veux.

Je connais le chemin parce que Freak et moi on est déjà allés dans ce coin-là quand il m'a montré le bâtiment de recherche médicale. Mais c'est pas pareil, sans Freak pour transformer les maisons en châteaux et les piscines en douves.

Et tout le long je me dis que c'est vraiment galère de devoir aller à l'hôpital le jour de son anniversaire.

J'arrive enfin là-bas et je vois la voiture de la Douce Gwen dans le parking, mais Grim dit qu'il faut la laisser tranquille, qu'elle doit s'occuper de son fils, alors je fais le tour du bâtiment de recherche et je trouve un arbre tout rabougri sous lequel je m'assois.

J'ai pris le vieil ornithoptère de Freak et je m'amuse à le remonter et à le faire voler en me disant que peut-être il le verra depuis sa fenêtre. Je fais ça un bon moment, jusqu'à ce qu'un type qui tond la pelouse me demande de dégager. Du coup, je vais traîner vers l'entrée de l'hôpital, et c'est là que je rencontre la Douce Gwen.

— Maxwell ! elle me dit en me prenant dans les bras et en me serrant fort, fort — elle a pleuré, ça se voit. Max, on t'a cherché partout, Kevin veut te voir. Il a beaucoup insisté, et le Dr Spivak a dit d'accord, mais pas plus de quelques minutes.

A la place du bâtiment de recherche, où je pensais aller, elle m'entraîne dans l'hôpital normal.

— Il est en soins intensifs, elle me dit.

— Alors ils prennent bien soin de lui ?

— Ils font de leur mieux, Maxwell.

Dans l'unité de soins intensifs, il y a tellement d'infirmières que tu peux pas faire un pas sans en bugner une, ce qui m'arrive d'entrée de jeu. Chaque malade a sa chambre, et partout, y a des machines électroniques que la Douce Gwen appelle des instruments de télémesure, ce qui veut dire que quand Freak éternue, les infirmières le savent avant qu'il ait pu se moucher.

J'ai pas peur du tout jusqu'à ce qu'on arrive dans sa chambre et que je le voie tout petit dans le lit. Il est assis, avec plein de tubes qui lui rentrent dans les bras et le nez, et le Dr Spivak monte la garde, elle veut pas que je m'approche trop près.

— Je pense que les visites ne sont pas recommandées pour l'instant, mais ce que Kevin veut, Kevin l'obtient.

Le Dr Spivak, c'est une petite bonne femme rousse aux cheveux courts et au visage fermé, on dirait qu'elle est en colère parce que Freak veut me voir, ou parce qu'il risque de lui casser ses belles machines.

— Ça sera tout, il lui dit. Vous pouvez disposer.

Faut reconnaître qu'il a une drôle de voix. Pas seulement faible et presque inaudible, mais un peu sifflante, aussi. C'est seulement quand je m'approche que je vois qu'il a un petit bouton bizarre en plastique collé sur le cou.

— Ça s'appelle une trachéotomie, il m'explique en posant un doigt sur le bouton, ce qui a pour effet de supprimer le sifflement. Procédure classique visant à faciliter la respiration.

— Ça fait mal ?

— Tu rigoles ? Je trouve ça plutôt cool, moi. Ecoute un peu.

Et en bougeant son doigt sur le bouton, il fait sortir un air de sa gorge. Il dit que c'est le thème de *Star Trek* mais j'ai du mal à le reconnaître.

— Est-ce que tu rentres bientôt chez toi ?

Freak peut pas vraiment bouger, alors il fait non des yeux plutôt que de la tête.

— Je rentre pas. Pas dans mon état actuel.

— Quoi ?

— L'unité bionique est en état d'alerte. Ce soir, ils viendront me chercher pour mon opération spéciale. La prochaine fois qu'on se verra, je serai tout neuf, et beaucoup plus performant.

— Tu me fiches les jetons.

— Sois pas bête. C'est pas toi qui passes sur le billard.

— J'aimerais mieux qu'ils te fassent rien.

— Discute pas avec moi.

Sa voix est si faible, c'est plus qu'un murmure, et je suis obligé de me pencher pour comprendre ce qu'il me dit.

— Si tu discutes avec moi, il continue, je vais m'énerver, et avec la télémesure, ils le sauront tout de suite. Et alors, c'est *toi* qui auras des ennuis.

Je reste planté là sans rien dire pendant un petit moment. J'ai posé l'ornithoptère au pied du lit mais je crois pas qu'il l'ait remarqué.

— Tu vois le livre, là, sur la table ? il me demande.

Il peut pas me le montrer du doigt, mais je vois le livre.

— Ouvre-le.

Le bouquin me rappelle le dictionnaire qu'il m'a offert pour Noël, sauf qu'à l'intérieur les pages sont blanches.

— C'est pour toi. Je veux que tu le remplisses avec nos aventures.

— Hein ?

— Que tu les écrives, benêt. Je voulais le

faire, mais avec mon nouveau corps bionique, je vais être très pris. Il va sans doute me falloir plusieurs semaines rien que pour apprendre à marcher avec des grandes jambes.

Je repose le livre.

— C'est toi la grosse tête, je lui dis. Moi je suis les grandes jambes.

— M'énerve pas, attention. Je vais pas avoir le temps de le faire, alors tu vas t'y coller. T'as qu'à écrire comme tu parles, c'est simple. Raconte comme on s'est bien éclatés, les trucs cool qu'on a faits, tous les deux. Nos aventures, quoi.

— Mais tu sais bien que je sais pas écrire, Kevin.

— Tout est dans ta tête, Max. Tout ce dont tu peux te souvenir. Ce que tu dois faire, c'est raconter l'histoire de Freak le Vaillant, rien de plus. C'est pas la mer à boire, quand même.

Je reprends le livre mais je dis plus rien, même si c'est complètement illusoire de penser que je pourrais essayer d'écrire tout ça. Je dis rien parce que sinon la télémesure va s'affoler. D'ailleurs, elle s'affole toute seule quelques minutes plus tard, quand Freak se met à tousser, et avant que j'aie pu dire quoi que ce soit, la chambre est pleine d'infirmières, et le Dr Spivak me demande de partir.

— Immédiatement, jeune homme. Laissez-nous faire notre travail.

J'attends dehors avec la Douce Gwen, qui reste près de la fenêtre en se tordant les mains sans rien dire, et puis finalement ils viennent la voir et lui disent qu'il va mieux, que c'était juste une crise et que son état est stationnaire.

Un peu plus tard, Gram vient me chercher à l'hôpital et me ramène à la maison. Ce soir-là au dîner, on parle pas beaucoup, sauf Grim qui peut pas s'empêcher de dire :

— Pauvre Gwen, je crois qu'elle souffre beaucoup.

Et moi je réponds :

— Pourquoi, pauvre Gwen ? C'est pas elle qui va subir l'opération spéciale.

Grim et Gram se regardent, du genre mais qu'est-ce qui nous a collé un môme aussi débile ? et puis Gram dit :

— Maxwell, mon chéri, fais un effort, et mange tes légumes.

Ce soir-là, je mets le livre blanc dans la boîte en forme de pyramide, pour qu'il soit en sécurité. Et pour que ça nous porte chance.

24

Le retour du Cogneur

La consigne, c'est que je dois déranger personne à l'hôpital. Tu parles. Comme si ma présence risquait de provoquer une méga-cata. Si on les écoutait, il faudrait la fermer et attendre tout le temps, ce qui me rend dingue.

Alors tôt le matin, quand Grim ronfle encore assez fort pour faire trembler les vitres, je me lève et je m'éclipse. D'après mes plans, j'ai le temps d'aller voir Freak et de rentrer pour le petit déjeuner ni vu ni connu, et tout le monde est content.

Le moins qu'on puisse dire, c'est que les choses se passent pas tout à fait comme ça.

Le jour pointe juste au-dessus de l'étang, il y a de la brume à la surface de l'eau, ça fiche un peu les jetons. On entend les grenouilles qui font un boucan d'enfer sous les nénuphars et les moustiques sifflent comme des balles en me frôlant les oreilles, je suis obligé de courir en me donnant des claques jusqu'à ce que je sois suffisamment loin de ce vieil étang qui pue.

Je vais assez vite. J'ai le soleil sur les talons, on dirait, mon ombre est très longue et ténue, elle s'étend loin devant moi, impossible de la rattraper.

Je pense avec mes pieds, j'ai l'impression que le reste de mon corps est encore endormi.

Je suis pas tout à fait seul dehors. Il y a un vieux qui tond sa pelouse. Parfaitement. Il a bricolé des phares sur sa tondeuse-tracteur, et il est en pyjama, genre rien de plus normal, tout le monde fait pareil.

Quand j'arrive à l'hôpital, les lampadaires commencent juste à s'éteindre dans la rue. L'entrée est déserte, il y a personne à la réception pour me dire que les visites sont interdites à l'aube.

Mais dans l'unité de soins intensifs, par contre, il y a plein d'infirmières, et elles me repèrent tout de suite. La première jaillit de derrière le bloc de télémesure et met une main sur sa bouche, sans doute pour me dire de pas faire de bruit, mais j'en fais pas, de toute façon.

Et puis finalement, elle me dit pas de me taire, elle dit juste :

— Mon Dieu, tu dois être Maxwell !

Et pourtant, elle m'a jamais vu de sa vie.

— Est-ce que Kevin est sorti ? je demande.

— Eh bien... elle bafouille. Eh bien...

D'autres infirmières déboulent de la salle de soins intensifs, il y a celle avec laquelle je suis entré en collision hier, et quand elle me voit, elle dit :

— On ferait bien d'appeler le Dr Spivak, Kevin était un de ses patients.

C'est à ce moment-là que je remarque que quelques infirmières pleurent et me regardent d'un drôle d'air. Et tout à coup, je pète les plombs.

Je pète les plombs.

— Non ! je hurle. C'est pas possible ! C'est pas possible !

Une des infirmières essaie de me prendre dans ses bras mais je l'envoie valdinguer et je me rue dans le couloir. C'est comme si j'étais redevenu le Cogneur, prêt à faire la tête au carré à tous ceux qui oseront me toucher. Je cours, je cours, je peux plus m'arrêter de courir, je dérape dans les tournants, je rebondis contre les murs, et personne peut me toucher — si toutefois quelqu'un en avait le courage. Je cours, je cours, jusqu'aux portes vitrées qui indiquent : RECHERCHE MÉDICALE.

Elles sont fermées à clé, et à l'intérieur, il y a pas de lumière.

Derrière moi, j'en entends qui crient d'appeler la sécurité, alors je serre mon poing et je le balance dans la vitre, d'un seul coup, et me voilà à l'intérieur, je glisse sur les morceaux de verre, dans l'obscurité, mais je cours quand même, jusqu'à d'autres portes.

ENTRÉE INTERDITE

C'est pas du verre, cette fois, je peux pas donner un coup de poing, ça marcherait pas.

Alors je donne des coups de pied, et je me jette sur ces maudites portes, et c'est à ce moment-là que les gardiens de l'hôpital déboulent.

Ils m'attrapent à plusieurs mais je m'arrête pas, je continue à courir, je tourne en rond comme un accident de la nature jusqu'à ce que finalement je tienne plus debout, ils sont trop nombreux.

Ils me mettent les menottes aux poignets et aux chevilles, et s'assoient sur moi en disant :

— Il va falloir lui donner un calmant.

Et il y en a un qui demande :

— Avec quoi ? Un fusil à éléphant ?

Voilà comment je suis quand le Dr Spivak débarque : couvert de flics. Elle se penche vers moi, l'air inquiet. Ses yeux sont rouges et humides.

— Je suis désolée, Maxwell, elle me dit. Nous avons fait tout notre possible. Tu veux bien me laisser bander ta main ? Tu saignes.

— Il vous croyait, je lui réponds. Vous lui avez dit que vous pouviez lui donner un nouveau corps, et il vous a crue.

— De quoi veux-tu parler ?

— De l'opération spéciale. Par l'unité de bionique.

Le Dr Spivak dit aux flics de me laisser me relever, qu'elle se porte garante, mais ils m'enlèvent pas les menottes, on sait jamais, et celui qui parlait de fusil pour éléphant sort sa matraque et se tient prêt à m'avoiner si je bouge le petit doigt.

— Allez me chercher un café, soupire le

Dr Spivak, et puis elle me regarde et dit : Bien, raconte-moi tout.

Alors, pendant qu'elle me soigne la main, je lui explique que Freak venait au laboratoire de recherche tous les deux ou trois mois pour qu'on lui prépare son nouveau corps bionique, qu'on le fasse bien à ses mesures. Son visage s'adoucit, elle hoche la tête et dit :

— Je comprends, maintenant.

— Tout ça, c'était des bobards, hein ? Vous lui racontiez des histoires juste pour pas qu'il ait peur.

— Tu sais bien que non, Maxwell. Il était impossible de mentir à Kevin. J'ai essayé de lui raconter une histoire un peu différente de la vérité quand il avait environ sept ans, parce que je pensais qu'un enfant de cet âge ne saurait pas comment réagir à une explication trop... « détaillée », disons. Et tu sais ce qu'il a fait ? Il est allé chercher la définition de sa maladie dans un dictionnaire médical.

Là, j'ai compris qu'elle disait la vérité. Freak et son dico !

— Kevin a su très jeune qu'il ne vivrait pas vieux. Il savait que ce n'était qu'une question de temps.

— Alors l'histoire de corps-robot, c'était un mensonge ?

Le Dr Spivak secoue la tête.

— Je ne pense pas, Maxwell. Et toi ? Je crois qu'il avait besoin d'espérer, et qu'il s'est inventé la remarquable histoire que tu viens de me raconter. Nous avons tous besoin d'espérer. Tu ne peux pas dire que c'était un mensonge. Kevin n'était pas un menteur.

— Non. Mais qu'est-ce qu'il lui est arrivé, en vrai ?

— Je pourrais te décrire tout ça avec les termes médicaux appropriés, mais en fait, ce qui s'est réellement passé, c'est que son cœur est devenu trop gros pour son corps.

Les gardiens parlent vaguement de m'arrêter pour les dégâts causés à l'hôpital — celui avec la matraque est pour — mais finalement, ils me remettent entre les mains de Grim.

Sur le chemin du retour, il me fait :

— Veux-tu qu'on en parle ?

— Je veux qu'on me laisse tranquille, je lui réponds.

— Suffit de demander, il dit simplement.

25

Loretta met le doigt dessus

C'était il y a un an.

Je me suis caché dans mon terrier pendant des jours et des jours, avec la porte fermée à clé, et c'est pour ça que j'ai raté l'enterrement et le départ de la Douce Gwen. Gram m'a raconté après que sans Kevin, elle pouvait plus rester dans cette maison — et comment lui en vouloir ?

Grim a menacé de dévisser la porte de ma chambre mais l'a jamais fait, il disait simplement que je devrais sortir pour faire plaisir à Gram, et parfois, *elle* descendait et disait que je devrais sortir pour faire plaisir à Grim, etc., jusqu'à ce que je finisse par céder et sorte de mon trou.

Je sais pas si tout ça est bien compréhensible, mais pendant longtemps, j'ai eu l'impression d'être un ballon dégonflé. Et je me fichais de savoir si on me regonflerait, parce que après tout, on doit tous mourir un jour, alors à quoi bon ?

Voilà ce que j'avais dans la tête. Grim a essayé de me dire que c'est pas le temps qu'on a qui est important, c'est ce qu'on en fait, du temps, mais à côté de la mort de Freak, je trouvais ça tellement maladroit et vain que je voulais rien entendre.

Un jour, juste avant la rentrée, je glandais dans le jardin à me dire combien tout était futile et idiot, et Grim vient vers moi et dit :

— Tu sais quoi ? La plupart d'entre nous traversent la vie sans jamais rencontrer un ami comme Kevin. Alors peut-être que tu devrais te dire que tu as eu beaucoup de chance.

— Ben voyons !

— C'est comme tu veux. Mais que les choses soient bien claires : même si je dois t'attacher au pare-chocs et te traîner jusqu'au lycée, tu reprends les cours. Compris ?

Alors j'ai repris les cours, et j'ai détesté ça. J'ai surtout détesté les gens qui arrêtaient pas d'être désolés pour moi, comme si c'était moi qu'étais mort.

Un jour, même Tony D. est venu me voir pour me dire que c'était terrible, cette histoire, et je voyais bien qu'il était sincère, alors j'ai craqué et je lui ai dit que si jamais il était désolé pour moi encore une fois, je le plantais tête la première dans la boue de l'étang, comme un poteau. Ce qui fait qu'on est à nouveau ennemis, et c'est aussi bien comme ça, en ce qui me concerne.

Pas très longtemps après ça — c'était l'hiver — j'ai rencontré Loretta Lee dans la rue. Elle portait encore une minerve et son haleine sentait l'alcool, mais c'est pas parce qu'elle a perdu la tête quelques minutes et fait une bonne action qu'il fallait s'attendre à un miracle, non plus.

Enfin bon, elle me voit, et me dit :

— Tu es au courant, pour Gwen ? Elle habite en Californie et a un nouvel ami. Il s'appelle Rick et ils sont fous amoureux. C'est super, non ?

— Super.

— Crois-moi, ça l'est. Et toi, qu'est-ce que tu fais de beau, ces jours-ci ?

— Rien.

Elle me regarde un petit moment et puis elle dit :

— Rien, ça craint, môme. Penses-y.

J'y ai pensé tout le long du chemin, jusqu'à la maison.

Ce soir-là, j'ai tiré de sous mon lit la boîte en forme de pyramide et j'en ai sorti le livre blanc. Arrête ton char, Maxwell Kane, je pensais, t'as pas le commencement du début d'un cerveau, et ça, c'est la vérité, toute la vérité, l'implacable vérité, comme dirait Freak.

Alors j'ai écrit l'épisode de l'implacable vérité, et puis j'ai continué sur ma lancée, pendant des mois et des mois, jusqu'au printemps, jusqu'à ce que le monde soit vraiment et absolument vert de partout. Aujourd'hui, avoir des souvenirs ne me pose plus de problème, je suppose que c'est la fin de l'histoire. Et maintenant que j'ai écrit un bouquin, qui sait, il se pourrait bien que j'en lise quelques-uns.

C'est pas la mer à boire.